Korsaren in der Ostsee

Ein Henry du Valle Roman

Mirco Graetz

AF219950

Leutnant Henry du Valle von der Insel Guernsey hat sein erstes Kommando erhalten. Mit seinem Kanonenboot kämpft er gegen Meuterer und erfüllt eine Aufklärungsmission hinter feindlichen Linien. Seine größte Bewährungsprobe hat er zu bestehen, als französische Korsaren in die Ostsee vorstoßen und einen britischen Konvoi bedrohen. Ein Seeabenteuer aus der Zeit der französischen Revolutionskriege und der 2. Band der Henry du Valle-Reihe.

Die Henry du Valle Romane:

Band 1   Korsaren und Spione

Band 2   Korsaren in der Ostsee

Mirco Graetz

Korsaren in der Ostsee

Ein Henry du Valle Roman

Bibliografische Information der Deutschen Nationalbibliothek:
Die Deutsche Nationalbibliothek verzeichnet diese Publika-
tion in der Deutschen Nationalbibliografie; detaillierte bibliografische Daten sind im Internet über http://dnb.dnb.de ab-
rufbar.

© 2021 Mirco Graetz

Lektorat: Ulli Hainsch

Herstellung und Verlag: BoD – Books on Demand, Nor-
derstedt

ISBN: 9783753458410

1

Dichter Nebel waberte über dem Fluss. Leutnant Henry du Valle, Kommandant seiner Majestät Kanonenboot Nummer 14, stand auf dem Achterdeck und versuchte, trotz dieser Waschküche irgendetwas am Ufer zu erkennen. Obwohl sich die Nummer 14 dicht am Südufer der Themse hielt, war kaum ein brauchbarer Orientierungspunkt zu sehen. Vorsichtshalber hatte Henry du Valle den absenkbaren Kiel einholen lassen. Mit seinem flachen Kiel würde das Kanonenboot so ohne größeren Schaden auflaufen können. Trotzdem fühlte sich Henry du Valle nicht wohl in seiner Haut. Bei seiner ersten Fahrt als Kommandant aufzulaufen wäre eine gewaltige Blamage und würde alle bestätigen, die seine rasche Beförderung lediglich auf gute Beziehungen zurückführten.

Der Master[1] neben ihm zeigte kein Zeichen von Beunruhigung. Er wirkte fast gelangweilt, während seine Augen versuchten, den Nebel zu durchdringen. Von Zeit zu Zeit gab er ein leises Kommando an den Quartermaster[2] und seinen Maat, die heute selbst an der Ruderpinne standen, wie sie es sonst nur im Gefecht tun würden. Zur zusätzlichen Sicherheit ließ der Master von Zeit zu Zeit ein Senkblei auswerfen, um die Beschaffenheit des Grundes zu untersuchen. Er war ein ehemaliger Themseschiffer, der den Fluss wie seine Westentasche kannte und anhand der mit dem Senkblei gewonnenen Proben ihre Position

---

[1] Der Master war der ranghöchste Deckoffizier in der Royal Navy und u.a. für die Navigation zuständig
[2] Unteroffizier, der die Rudergänger beaufsichtigt und im Gefecht selbst am Ruder steht

bestimmen konnte. Damit wurde er heute seinem offiziellen Titel »Master and Pilot« vollauf gerecht, dachte sich Henry du Valle.

»Sir, wir haben Erith passiert und müssen jetzt zum Nordufer wechseln«, sagte der Master. »Machen Sie weiter, Mister Richards«, antwortete Henry du Valle.

Bald darauf verschwand das schemenhafte Südufer hinter ihnen im Nebel. Das Kanonenboot segelte, von einer sanften Brise angetrieben, nur unter Fock- und Klüversegel. Ein helles Nichts umgab sie nun und die Feuchtigkeit kroch in die Kleidung der Männer an Deck. Der Ausguck am Bug meldete: »Glockenläuten direkt voraus.« Tatsächlich war nun vor ihnen der helle Klang einer Schiffsglocke zu hören. »Das ist der Kai von Purfleet«, sagte der Master. »Land in Sicht!«, meldete nun der Ausguck. Vor ihnen erschienen die Schemen eines Pontons, der langsam immer besser zu erkennen war. »Übernehmen Sie das Anlegemanöver, Mister Richards. Im ganzen Schiff Licht und Feuer löschen«, befahl Henry du Valle.

Im Bereich des Pulvermagazins von Purfleet galten strenge Sicherheitsregeln. Feuer und offenes Licht waren bei Strafe verboten. Stiefel waren ebenfalls verboten, weil man befürchtete, die mit Nägeln beschlagenen Sohlen könnten Funken schlagen. Während der Beladung durfte man nur Schuhe mit Filzsohlen tragen, oder man lief barfuß. Die Beladung mit Schießpulver zog sich über mehrere Stunden hin, weil die Nummer 14 frisch von der Werft kam.

Gebaut worden war das Kanonenboot Nummer 14 auf der Werft von John Dudman in Deptfort. Nach dem Stapellauf hatte man es zur Königlichen Werft in Deptford verlegt, wo die Ausrüstung erfolgte. Hier hatte Nummer 14 seine Masten und das gesamte Rigg erhalten. Wie seine Schwesterboote war es als Brigg[3] getakelt. Auch seine Bewaffnung hatte es hier erhalten, zehn Achtzehnpfünder Karronaden[4] und zwei Vierundzwanzigpfünder Jagdgeschütze. Damit verfügte das Kanonenboot über eine erstaunliche Feuerkraft.

Als Henry du Valle an Bord gekommen war, hatten sich die Geschütze bereits an Bord befunden, aber es waren noch gewaltige Mengen an Vorräten und Ersatzmaterial in dem kleinen Rumpf zu verstauen. Er hatte sich als Kommandant eingelesen[5] und damit das Kommando vom Master übernommen, der gemeinsam mit den Deckoffizieren[6] und einigen Seeleuten bereits an Bord gewesen war. Die Bezeichnung Deckoffiziere war allerdings übertrieben, denn den Kanonenbooten standen nur Unteroffiziere in den entsprechenden Funktionen zu. So war der Master eigentlich nur ein Steuermannsmaat, den man mit der Bezeichnung »Master and Pilot« aufwertete, Bootsmann und Zimmermann waren ebenfalls nur Maate und der Schiffsarzt ein Sanitätsmaat. Als ersten Offizier hatte Henry du Valle einen Midshipman[7] an Bord, der aber glücklicherweise bereits seine Leutnantsprüfung bestanden hatte und auf ein entsprechendes Bordkommando wartete. Da er

---

[3] Zweimastiges Segelschiff mit Rahsegeln an beiden Masten
[4] Leichte Kanone mit kurzem Rohr, die schwere Kaliber über eine kurze Distanz schießen konnte
[5] Durch das Verlesen seiner Ernennung wurde das Schiff offiziell vom Kommandanten übernommen.
[6] Rangklasse zwischen den Offizieren und Unteroffizieren
[7] Offiziersanwärter/Seekadett

über keinerlei Vermögen verfügte, war er froh, die Wartezeit im Dienst verbringen zu können.

Insgesamt war für die Kanonenboote eine Besatzung von fünfzig Mann festgelegt. Kanonenboot Nummer 14 fehlten acht Mann an der Sollstärke. Der größte Teil der Besatzung bestand dabei aus Landratten, die frische Seeluft dem Gefängnis an Land vorgezogen hatten. Der Mangel an Vollmatrosen war Henry du Valles größtes Problem, denn ihm fehlten erfahrene Männer für die Segelmanöver. Den Landratten konnte man bestenfalls ein Tau in die Hand drücken und ihnen sagen, was sie damit zu tun hatten, aber in die Takelage konnte man sie erst in ein paar Wochen aufentern lassen. Einige würden es niemals lernen.

Glücklicherweise bildete ein Kontingent von dreizehn Marineinfanteristen[8] unter der Führung eines Sergeanten und eines Korporals das Rückgrat der Besatzung. Unter ihnen waren genügend erfahrene Leute, die Henry als Geschützführer einsetzen konnte, so dass er zumindest eine komplette Breitseite im Gefecht zur Verfügung hatte. Mehr gab die Besatzungstärke selbst bei den leicht zu bedienenden Karronaden ohnehin nicht her. Henry hoffte, in der Themsemündung den einen oder anderen erfahrenen Seemann pressen zu können, um so sein Personalproblem lösen, oder zumindest abmildern zu können.

Schließlich waren alle Pulverfässer sicher an Bord verstaut. Kanonenboot Nummer 14 legte von dem Ponton ab und

---

[8] Für den Kampf auf Schiffen und bei Landungsoperationen ausgebildete Seesoldaten, die an Bord zugleich die Wachposten stellten

Henry du Valle ließ Segel setzen. Der Nebel hatte sich inzwischen aufgelöst und man konnte den Fluss in seiner ganzen Breite überschauen. Nur in den Marschen bei Dartford am jenseitigen Ufer hielten sich noch vereinzelte Nebelfetzen. Die Tiede[9] hatte inzwischen gewechselt und Nummer 14 musste jetzt gegen die Strömung flussabwärts segeln. Als sich endlich alle Segel entfaltet hatten, entwickelte sich bei Henry du Valle zum ersten Mal ein gewisses Hochgefühl, auf den Planken seines Schiffes stehen zu können.

---

[9] Ebbe und Flut

2

Am folgenden Morgen näherte sich das Kanonenboot Nummer 14 dem Unterlauf der Themse. Wider Erwarten gab es hier keinen Schiffsverkehr, so dass Henry du Valles schöner Plan, ein paar Seeleute zu pressen, zu scheitern drohte. Auf der Höhe von Gravesend kamen dann doch Segel in Sicht. Aber es handelte sich um einen mächtigen Dreidecker, zwei weitere Linienschiffe und eine ganze Flottille von Kanonenbooten, die dort vor Anker lagen. Der Dreidecker, in dem Henry die *Neptune* mit achtundneunzig Kanonen erkannte, führte den Breitwimpel eines Kommodore[10]. Bei den kleineren Linienschiffen handelte es sich um die *Lancaster* und die *Agincourt*.

»Die *Neptune* signalisiert, wir sollen an ihrer Backbordseite vor Anker gehen«, meldete der Midshipman Charles Cobham. »Danke Mr. Cobham«, antwortete Henry. »Mr. Richards, lassen Sie uns fünfundzwanzig Faden neben der *Neptune* ankern.«

Der Master bestätigte und ließ Kurs auf den bezeichneten Ankerplatz nehmen. Das Ankermanöver klappte recht gut, weil der Bootsmann alle neuralgischen Punkte mit erfahrenen Männern, zu denen auch einige Marineinfanteristen zählten, besetzt hatte. Die Landratten hatte er bis auf ein paar recht anstellige Männer unter Deck gescheucht, damit sie nicht im Weg standen.

Kaum lag die Nummer 14 vor Anker, signalisierte die *Neptune* erneut. »Kommandant an Bord kommen«, meldete

---

[10] Damals ein temporärer Rang für Kapitäne, die vorübergehend die Funktion eines Admirals erfüllten

Mr. Cobham. Da die Kommandantengig nach der Übernahme des Schießpulvers nicht wieder an Bord genommen worden war, glückte auch dieses Manöver zufriedenstellend. Allerdings waren einige Männer der Bootscrew so unerfahren, dass Henry du Valle froh war, mit ihnen keine längere Strecke zurücklegen zu müssen.

Aus der Perspektive seiner Gig erschien Henry die Bordwand der *Neptune* wie eine gewaltige Wand, die es zu erklimmen galt. Glücklicherweise war das Schiff aber wie alle Linienschiffe seiner Größe darauf eingerichtet, regelmäßig Flaggoffziere[11] an Bord zu nehmen, weshalb in der Bordwand Tritte eingelassen waren. Über sie erreichte man eine Pforte in der Bordwand, wo Henry bereits vom Kommandanten der *Neptune* und dem üblichen Empfangskomitee erwartet wurde. Er war zwar nur ein kleiner Leutnant, doch er kommandierte ein Schiff des Königs und als solcher erhielt er den ihm gebührenden Empfang.

Nachdem das Empfangszeremoniell beendet war, geleitete ihn Captain[12] Stanhope zur Admiralskajüte, wo Kommodore Gower bereits wartete. Ein Steward eilte herbei und schenkte ihm wortlos ein Glas Weißwein ein. »Willkommen an Bord, Captain[13] du Valle«, begrüßte ihn Kommodore Gower, »Wie ist die Lage bei Ihnen?« Man sah dem Kommodore die Spannung an, als er die Frage stellte. »Fragen Sie in Bezug auf meuterische Aktivitäten, Sir? Bis jetzt

---

[11] Offiziere in den Admiralsrängen
[12] Hier Kapitän zur See
[13] Rangniedere Kommandanten wurden aus Höflichkeit ebenfalls als Captain angesprochen.

ist an Bord alles ruhig, aber meine Mannschaft besteht auch zum größten Teil aus neu gepressten Landmännern.«

Gower nickte Captain Stanhope kurz zu, worauf dieser die Kajüte verließ. Offenbar hatte man an Bord der *Neptune* Vorkehrungen getroffen, eine Meuterei auf dem Kanonenboot sofort zu unterdrücken.

»Das beruhigt mich«, sagte der Kommodore, »Vermutlich haben Sie noch nicht gehört, dass Teile des Nore-Geschwaders[14] meutern.« » Aye Sir, das ist mir neu. Auf meinem Weg nach London hatte ich nur in Spithead[15] mitbekommen, dass man dort meuterte. Inzwischen soll die Lage aber wieder unter Kontrolle sein.« »Das stimmt, man hat den Meuterern gewisse Zugeständnisse gemacht; denn ganz unter uns, waren doch viele ihrer Forderungen nicht unbegründet. Dagegen werden hier auch politische Forderungen gestellt, wie eine Auflösung des Parlaments und Frieden mit Frankreich. Man hat mich beauftragt, mit meinem Geschwader einen Angriff der Meuterer auf London zu verhindern, und ich halte diese Gefahr für sehr real.«

Henry du Valle nickte zustimmend und sagte: »Sir, meine Befehle besagen, dass ich mich mit meinem Kanonenboot nach Sheerness begeben soll. Unter den gegebenen Umständen dürfte es nicht falsch sein, wenn ich mich Ihrem Kommando unterstelle, Sir.« »Danke Captain du Valle, ich habe nichts anderes von Ihnen erwartet, aber ich habe andere Pläne mit Ihnen, denn mein Geschwader ist groß

---

[14] Die Nore ist eine große Sandbank im Bereich der Themsemündung, bei der ein Geschwader der Royal Navy lag
[15] Damals wichtiger Liegeplatz der Royal Navy bei Portsmouth

genug, die Themse und somit London wirksam zu schützen. Ich sehe aber ein anderes Problem, für dessen Lösung ich Sie und Ihr Kanonenboot brauche. Im Moment blockieren die Meuterer die Themsemündung und kein Handelsschiff kann passieren, ohne Gefahr zu laufen, von den Meuterern ausgeplündert zu werden, denn sie sind knapp an Vorräten, da ihnen Admiral Buckner jeglichen Nachschub verweigert. Ich vermute, dass die Meuterer nicht zu einer wirklich effektiven Blockade fähig sein werden. Versuchen Sie, sich zu den vor der Themsemündung wartenden Handelsschiffen durchzuschlagen. Es müssen inzwischen hunderte Schiffe sein, eine leichte Beute für französische und holländische Freibeuter[16]. Übernehmen Sie ihren Schutz. Das ist weiß Gott keine leichte Aufgabe, aber ich habe die Hoffnung, dass Sie nicht allein sein werden. Es haben sich nicht alle Schiffe der Meuterei angeschlossen und einige werden auf See geflohen sein. Außerdem werde ich alle flussabwärts kommenden Schiffe ebenfalls auf diese Mission schicken, so dass sich die Lage mit der Zeit entspannen sollte.«

»Mein Master ist ein ehemaliger Themseschiffer, weshalb ich optimistisch bin, einen Schleichweg vorbei an den Meuterern zu finden«, antwortete Henry, »Allerdings bin ich noch stark unterbesetzt. Ich hatte die Hoffnung, mich bei einigen Handelsschiffen bedienen zu können, doch im Moment sieht es ja schlecht damit aus.«

Der Kommodore lachte. Dann sagte er trocken: »Sie sind bis Gravesend gekommen, den restlichen Weg werden Sie

---

[16] Zivile Schiffe, die durch einen Kaperbrief zum Aufbringen feindlicher Schiffe berechtigt sind

auch noch schaffen. Sobald Sie die Nore passiert haben, werden Sie die freie Auswahl haben, aber übertreiben Sie es nicht.«

3

Unmittelbar nach seiner Rückkehr von der *Neptune* rief Henry alle Deckoffiziere zu sich. Obwohl es auf dem Kanonenboot sehr beengt zuging, hatte der Kommandant doch vergleichsweise viel Platz zur Verfügung. Sein Quartier nahm gut die Hälfte des Raums zwischen Großmast und Heck ein. Allerdings hatte das Kanonenboot keine Heckgalerie, sondern die große Kajüte wurde durch ein kleines Oberlicht beleuchtet. Vor der Kajüte befanden sich noch eine kleine Schlafkammer und ein Arbeitsraum, den der Schreiber und gleichzeitige Zahlmeister nutzte. Am Zugang zum Quartier des Kommandanten stand immer ein Posten der Marineinfanteristen.

Als sich alle um den großen Tisch in der Kajüte versammelt hatten, informierte Henry sie über die Meuterei des Nore-Geschwaders und ihre neuen Befehle. Der Master machte ein bedenkliches Gesicht und sagte: »Einen Weg an den Meuterern vorbei finden wir auf jeden Fall. Kein Schiff des Geschwaders kann in so seichte Gewässer ausweichen wie wir. Sorgen bereitet mir unsere Mannschaft. Die Leute sind neu, wir kennen sie noch nicht und können nicht sagen, wie sie sich verhalten werden, sobald sie von der Meuterei erfahren.« »Ich bin mir sicher, dass sie bereits davon wissen«, antwortete Henry, »Die Besatzung der Gig hatte auf jeden Fall Kontakt zur Mannschaft der *Neptune* und wird alles erfahren haben. Sergeant Smithers, wie zuverlässig sind Ihre Männer?« wandte sich Henry an den Befehlshaber der Seesoldaten. Der Sergeant nahm sofort eine straffere Haltung an und versicherte: »Ich kenne die Männer schon über ein Jahr, habe sie selbst ausgebildet. Man kann sich voll auf sie verlassen.« »Das höre ich gern,

Sergeant«, sagte Henry, »Trotzdem wird es unter Ihren Männern Unterschiede geben. Ich möchte, dass ab sofort am Zugang zum Pulvermagazin Doppelposten Ihrer besten Männer stehen.« »Zu Befehl, Sir,« erwiderte Smithers mit schneidiger Stimme. Henry nickte und fuhr fort: »Ich beabsichtige, im Anschluss an diese Besprechung zur Besatzung zu sprechen. Die Marines nehmen vor dem Achterdeck Aufstellung. Sergeant Smithers, lassen Sie die Bajonette aufpflanzen. Das sollte die Gemüter etwas beruhigen.«

Zehn Minuten später pfiff der Bootsmann »Alle Mann an Deck«. Die Deckoffiziere hatten ihre besten Uniformen angezogen; für den Bootsmann und die Handwerker bedeutete das, sie hatten überhaupt Uniformen an. Im täglichen Dienst störten die blauen Uniformjacken nur, und auch jetzt fühlten sie sich darin sichtlich unwohl. Als die Matrosen durch die beiden Niedergänge an Deck strömten, wurden sie dort von der Schiffsführung und den Marineinfanteristen bereits erwartet. Die wenigen erfahrenen Seeleute stutzten etwas, denn diesen Anblick waren sie nur von Bestrafungen und dem sonntäglichen Gottesdienst gewöhnt.

Sobald die gesamte Mannschaft an Deck versammelt war, verließ Henry seine Kajüte und stieg über den achternen Niedergang an Deck. Die Seeleute machten ihm bereitwillig Platz. Henry empfand das als gutes Zeichen. Auf dem Achterdeck meldete Mr. Cobham: »Besatzung wie befohlen angetreten!« »Danke, Mr. Cobham.«

Henry du Valle wandte sich der Besatzung zu: »Männer, einige von euch werden wissen, dass unser Kanonenboot

Nummer 14 nach Sheerness bestimmt war. Kommodore Gower auf der *Neptune* hat mich informiert, dass seiner Majestät Noregeschwader meutert und auch die Kontrolle über den Hafen von Sheerness übernommen hat. Die Meuterer drohen, nach London vorzurücken. Deshalb hat Kommodore Gower mit seinem Geschwader den Schutz Londons übernommen. Ihr könnt sicher sein, dass ihm das mit seinem Geschwader und in Verbindung mit den Küstenbatterien gelingen wird. Inzwischen sammeln sich immer mehr Kauffahrer vor der Themsemündung und werden von den Meuterern nicht nach London durchgelassen. Diese Kauffahrer sind den französischen Freibeutern vollkommen schutzlos ausgeliefert. Unsere Aufgabe ist es, das zu ändern. Mit unseren Karronaden haben wir genug Feuerkraft, jeden Freibeuter in die Flucht zu schlagen. Mit etwas Glück winkt uns dort reiches Prisengeld.«

Bis hier hatten die Seeleute mehr oder weniger interessiert zugehört. An ihrer Reaktion konnte ihr Kommandant aber auch erkennen, dass die Nachricht von der Meuterei bereits an Bord gelangt war. Das Wort »Prisengeld« wirkte auf die erfahrenen Seeleute jetzt wie ein Stichwort. Plötzlich machten sie freudige Gesichter und stießen sich gegenseitig an. Einige tuschelten miteinander oder erklärten ihren unerfahrenen Bordgenossen, was es damit auf sich hatte.

Der Bootsmann wollte die Männer schon zur Ordnung rufen, doch Henry gab ihm ein Zeichen, das zu unterlassen. Diese Reaktion der Männer spielte ihm in die Karten. »Die Sache hat allerdings einen Haken«, fuhr er fort, »Die Meuterer wollen verhindern, dass irgendjemand die Nore passiert. Sie wollen die Besatzungen zwingen, sich ihrer wahnwitzigen Meuterei anzuschließen. Viele von euch werden von der Meuterei vor Spithead gehört haben. Dort haben die Meuterer Forderungen aufgestellt und die Regierung hat den vernünftigen Forderungen zugestimmt oder zumindest Zugeständnisse gemacht, worauf die Meuterei friedlich beendet wurde. Die Zugeständnisse gelten für die gesamte Marine, also auch für unser Schiff und für das Noregeschwader. Es gibt also überhaupt keinen Grund, zu meutern. Den Rädelsführern dieser Meuterei geht es auch gar nicht um die Forderungen der Seeleute. Sie sind verdammte Jakobiner, die den Franzosen den Weg nach London bahnen wollen. Mit diesen Leuten wollen wir nichts zu tun haben. Sie stehen zwischen uns und unserem Prisengeld. Heute Nacht werden wir uns an den Meuterern vorbeischleichen. Unser Master kennt sich in diesem Revier sehr gut aus, wir haben also gute Chancen, es zu schaffen. Es kann natürlich auch sein, dass man uns entdeckt. Dann werden die Meuterer auf uns schießen und wir werden mit unserer ganzen Feuerkraft antworten. Seid ihr dazu bereit?«

Ein erfahrener Matrose, mit einem schon leicht ergrauten Vollbart warf seinen geteerten Strohhut in die Luft und rief: »Ein Hoch auf unseren Captain!« Die Männer antworteten mit einem dreifachen Hurra. Für den Moment hatte Henry du Valle die Besatzung hinter sich gebracht.

4

In der einsetzenden Abenddämmerung ließ Henry du Valle den Anker lichten. Unter Mars- und Klüversegeln verließ das Kanonenboot Nummer 14 Gravesend. Gegen den Gezeitenstrom kam es nur langsam voran.

Henry stand neben dem Master auf dem Achterdeck. Er war noch immer von dem Hochgefühl erfüllt, die Besatzung mit seiner Rede hinter sich versammelt zu haben. Doch eine leise innere Stimme flüsterte ihm zu, dass er im Grunde ein Hochstapler war. Natürlich hatte er vollkommen zu Recht von der enormen Feuerkraft ihres Kanonenbootes geschwärmt, aber die Sache hatte trotzdem einen Haken. Es fehlten die Männer, um die Artillerie seiner Nummer 14 in eine tödliche Waffe verwandeln zu können. Die Karronaden kamen zwar mit einer Geschützbedienung von vier Männern aus, aber in seiner Besatzung gab es gerade einmal zwei Seeleute und zwei Marineinfanteristen, die mit Geschützen umgehen konnten. Selbst wenn er nur eine Breitseite bemannte, blieben also zwei Geschütze ohne Geschützführer. Unter diesen Umständen konnte ihm selbst ein unterlegener Gegner gefährlich werden. Sein Ziel musste beim Passieren der Nore also sein, jeglichen Kontakt zu vermeiden.

Als sie die Themsemündung erreichten, war es kurz vor Mitternacht. Der Vollmond beleuchtete die fast glatte Wasseroberfläche. Am Ufer, das immer weiter zurücktrat, waren vereinzelte Leuchtfeuer zu sehen. Mr. Richards hatte die Absicht, nördlich der Nore zu bleiben, da sich der Liegeplatz des Nore-Geschwaders im Süden der Sandbank befand. Tatsächlich sichtete der Ausguck an Steuerbord ferne Lichter. Offenbar waren die Schiffe des Nore-Geschwaders hell erleuchtet.

Aber auch nördlich der Nore waren sie nicht ganz allein. Direkt vor ihnen waren in einiger Entfernung zwei hell erleuchtete Schiffe zu sehen. Jedenfalls war sich der Master sicher, dass es sich nur um Schiffe handeln konnte, da er sich ihrer Position vollkommen sicher war.

»Können wir diesen Schiffen ausweichen, Mr. Richards?«, fragte Henry. »Ja Sir, wir können sie in einer Entfernung von rund drei Kabellängen passieren«, antwortete der Master. Er ließ das Kanonenboot etwas nach Backbord abfallen. An Bord von Nummer 14 war alles ruhig, und ihr Kommandant hatte sämtliche Lichter löschen lassen. Die erleuchteten Schiffe kamen näher und wanderten dann rasch nach achtern aus. Offenbar lagen sie vor Anker. Durch sein Nachtglas konnte Henry erkennen, dass die Decks beider Schiffe vollkommen leer waren. Es gab nicht einmal eine Ankerwache.

Plötzlich wurden sie angerufen. Vor ihnen tauchte eine Barkasse aus der Dunkelheit auf. »Schiff ahoi! Im Namen der Schwimmenden Republik[17], drehen Sie bei!«, hörten sie eine Stimme rufen. Die Barkasse drehte bei und versuchte so, dem Kanonenboot den Weg abzuschneiden.

»Im Namen des Königs, gebt den Weg frei!«, rief Henry du Valle. Dann wandte er sich an Geschützmeister. »Mr. Tobbs, besetzen Sie das Steuerbordbuggeschütz.« Der Geschützmeister eilte mit einigen Helfern nach vorn. Wie in

---

[17] Selbstbezeichnung der an der Nore-Meuterei beteiligten Seeleute und ihrer Schiffe

Kriegszeiten allgemein üblich, waren alle Geschütze geladen, weshalb der Geschützmeister sofort Feuerbereitschaft melden konnte.

Henry ließ noch etwas nach Backbord abfallen, um die Barkasse passieren zu können und dem Geschützmeister zugleich das Zielen zu erleichtern. Auf der Barkasse hatte man das Manöver bemerkt und feuerte eine Drehbasse[18] ab. Sie war mit gehacktem Blei geladen. Die Bleistücke trafen das Fockmarssegel und zerrissen es. Zugleich rief eine Stimme aus der Barkasse: »Kameraden, schließt euch uns an, werft eure Offiziere über Bord!« Henry du Valle rief: »Mr. Tobbs, geben Sie diesen Kerlen unsere Antwort!«

Der Geschützmeister feuerte den Vierundzwanzigpfünder ab. Die Kugel traf den Rumpf der Barkasse. Laute Schmerzensschreie waren zu hören. Die Barkasse sank. »Mr. Johnson«, befahl Henry dem Bootsmann, »lassen Sie den Kutter bemannen und holen Sie die Meuterer aus dem Wasser.«

Die Beiboote des Kanonenboots wurden aus Platzgründen meist nachgeschleppt, so dass der Kutter nun sehr schnell bemannt werden konnte. Er legte ab und begab sich auf die Suche nach den schiffbrüchigen Meuterern. Der Buggast des Kutters beleuchtete die Umgebung mit einer Laterne, um die im Wasser schwimmenden Männer leichter entdecken zu können. Nach einer Viertelstunde kam der Kutter zurück. »Wir haben zehn Männer retten können, fünf sind leider ertrunken oder wurden vorher von

---

[18] Leichtes, auf einem Schildzapfen drehbares Geschütz, das meist auf der Reling oder in Beibooten befestigt wurde.

unserem Schuss getötet«, meldete der Bootsmann. »Bringen Sie die Männer an Bord und lassen Sie sie in Eisen legen. Der Doktor soll sich um die Verletzten kümmern«, befahl Henry.

Mit den zehn Gefangenen hatte Henry du Valle nun ein zusätzliches Platzproblem. An Deck konnte er sie nicht lassen, denn hier störten sie bei den Segelmanövern und im Gefecht. Unter Deck konnte er sie nicht von seiner Besatzung isolieren. Schließlich kam er zu einem Entschluss. »Sergeant Smithers, bringen Sie die Gefangenen in meine Kajüte. Bis ich entschieden habe, was wir mit ihnen machen, bleiben sie dort eingesperrt. Einer Ihrer Männer soll sie dort ständig im Auge behalten.«

In der Zwischenzeit hatte sich das Kanonenboot Nummer 14 noch weiter von den beiden Schiffen entfernt. Dort schien man nichts von dem kurzen Schusswechsel mitbekommen zu haben. Henry du Valle schüttelte verständnislos den Kopf, obwohl ihm das zugutekam. Waren da drüben etwa alle betrunken?

Der Master ließ nun wieder auf Ostkurs gehen. Inzwischen kümmerten sich Mr. Johnson und der Segelmacher um das Fockmarssegel. Als die Morgendämmerung einsetzte, befand sich das Segel schon wieder an Ort und Stelle. Nur ein breiter Flicken erinnerte noch an die vergangene Nacht.

Der Ausguck auf dem Fockmast meldete: »Viele Segel in Sicht.«

Henry du Valle kam an Deck. Da war sie, die Handelsflotte.Er sah hunderte von Schiffen in den unter-

schiedlichsten Größen und Typen. Daran konnte man sehen, wie wichtig der Seehandel für England war. Nun galt
es festzustellen, ob es hier noch weitere Kriegsschiffe zum
Schutz dieser gewaltigen Handelsflotte gab.

5

Es war für Kanonenboot Nummer 14 und seine Besatzung nicht leicht, sich den Weg durch die vor Anker liegenden Schiffe zu bahnen. Zum Glück war die See ruhig und der Wind wehte beständig aus West. Nach fast einer Stunde waren dann alle Handelsschiffe passiert. Vor der Reede sichtete der Ausguck nur einige Fischerboote und ein Kriegsschiff, das knapp über der Kimm kreuzte.

Henry du Valle nahm sein Teleskop und enterte bis zur Fockbrahmsaling[19] auf. Der dortige Ausguck machte ihm Platz, indem er noch etwas weiter aufenterte. Henry visierte das ferne Schiff an und versuchte, das Teleskop so scharf wie möglich einzustellen. Das Schiff war zweifellos eine Fregatte französischer Bauart, aber der Schnitt der Segel schien eher britisch zu sein. Sollte es sich um die *San Fiorenzo* mit 38 Kanonen handeln? Dann war sie offenbar der Meuterei entkommen. Henry überlegte. Wenn er sich irrte, würden sie gegen ein Schiff dieser Größe keine Chance haben. Mit etwas Glück könnte er der Fregatte zwischen einigen Untiefen entkommen. Während er abenterte, hatte er seinen Entschluss gefasst. »Mr. Richards, wir nehmen Kurs auf die Fregatte, halten uns aber in sicherer Entfernung«, befahl er.

Als sich beide Schiffe soweit angenähert hatten, dass man Signalflaggen erkennen konnte, ließ Henry das Erkennungssignal des Kanonenbootes Nummer 14 setzen. Die Fregatte antwortete und gab sich als *San Fiorenzo* zu

---

[19] Holzkonstruktion zur Abspannung der Brahmstenge und zugleich Platz für den Ausguck – hier auf dem Fockmast.

erkennen. Dann hisste sie das Geheimsignal und Henry ließ das Antwortsignal setzen. Sobald für beide Seiten klar war, mit wem man es zu tun hatte, hisste die *San Fiorenzo* das Signal »Kommandant an Bord kommen«.

Henry ließ die Kommandantengig bemannen und sich dann in seiner besten Uniform zur *San Fiorenzo* rudern. Die *San Fiorenzo* war die ehemals französische Fregatte *Minerve*. Ihr französischer Kommandant hatte sie bei der korsischen Stadt San Fiorenzo versenkt, doch die Briten hatten sie heben und wieder flottmachen können. Da es bereits eine *Minerve* in der Royal Navy gab, hatte man sie nach dem Ort ihrer Bergung benannt. An der Pforte wurde Henry du Valle vom ersten Leutnant der Fregatte begrüßt. Zugleich war das für einen Kommandanten übliche Empfangskomitee angetreten.

Der Captain der *San Fiorenzo*, Sir Harry Burrard-Neale, empfing ihn in der großen Kajüte. »Herzlich Willkommen, Captain du Valle«, sagte er und schüttelte seine Hand. »Wie haben Sie es denn an den Meuterern vorbei geschafft?« wollte Sir Harry als erstes wissen. »Wir haben uns nördlich gehalten, hatten aber trotzdem einen kleinen Zwischenfall mit einem Wachboot der Meuterer. Zehn von ihnen liegen in meiner Kajüte«, berichtete Henry.

Sir Harry bot ihm einen Sessel sowie ein Glas Rotwein an und nahm ihm gegenüber Platz. Dann sagte er: »Ich hatte das Glück, keine Aufrührer oder Unterdecksadvokaten an Bord zu haben. Als die Meuterei begann, verhielten wir uns still und nutzten die erste Gelegenheit zur Flucht. Dabei wurden wir beschossen und hatten einige Verwundete zu beklagen. Der *Clyde* gelang ebenfalls die Flucht. Sie liegt jetzt im Hafen von Sheerness und Admiral Buckner hat seine Flagge auf ihr gesetzt.« »Ich wusste nicht, dass Sheerness frei ist«, antwortete Henry du Valle, »Mein ursprünglicher Befehl besagte, dass ich mich in Sheerness melden soll. Kommodore Gower, der die Themse verteidigt, war jedoch der Meinung, Sheerness sei von den Meuterern besetzt. Deshalb sollte ich die Nore passieren und die vor der Themsemündung wartenden Handelsschiffe schützen.«

Der ältere Kommandant nickte. »Gower hat damit vollkommen Recht, denn der Admiral hält zwar Sheerness, doch die Zufahrten zum Hafen werden von den Meuterern blockiert.« Henry nippte an seinem Rotwein und fragte dann: »Was mache ich mit den Gefangenen, Sir Harry?« »Ist ihre Besatzung komplett?« wollte sein Gegenüber wissen. »Mir fehlen acht Mann an der Sollstärke.« Sir Harry lächelte – er hatte eine solche Antwort erwartet. »Dann schlage ich vor, Sie verhören die Gefangenen, inwiefern sie tatsächliche Meuterer sind. Nach meiner Erfahrung ist diese Meuterei nicht sehr populär unter den Seeleuten, nachdem die Admiralität den Meuterern von Spithead Zugeständnisse gemacht hat. Nehmen Sie die Mitläufer in ihre Besatzung auf und schicken Sie mir die Aufrührer, falls solche unter ihren Gefangenen sein sollten.«

Nachdem die beiden Kommandanten die Flasche Rotwein geleert hatten, ließ sich Henry auf sein Schiff zurückrudern. Sir Harry hatte ihm ein Patrouillengebiet zugewiesen, in das er nach dem Verhör der Gefangenen aufbrechen sollte. Zurück auf dem Kanonenboot ließ sich Henry du Valle die Gefangenen einzeln vorführen. Er stellte jedem dieselben Fragen und die Antworten ähnelten sich meistens sehr. Da aber der Wortlaut der Antworten immer etwas anders ausfiel, ging er davon aus, dass sich die Gefangenen nicht abgesprochen hatten. Offenbar waren sie von ihrer Gefangennahme noch immer so geschockt, dass sie nicht daran gedacht hatten.

Der erste Gefangene kam und Henry du Valle fragte ihn: »Wie heißt Du?« »Brian Quinn, Geschützführer auf der *Agamemnon*, vierundsechzig Kanonen.« »Warum hast Du Dich an der Meuterei beteiligt?« »Weiß nicht, Sir. Zu uns kamen Delegierte und sagten, die Flotte meutert und ihr müsst euch anschließen. Dann wurden wir unter der Kontrolle der Meuterer von Yarmouth zur Nore geschickt.« Henry machte sich nebenher ein paar Notizen und fragte dann: »Warum habt ihr uns angegriffen?« Quinn rutschte mit ängstlichem Gesicht immer mehr zusammen. »Die Meuterer gaben den Befehl, die Themse zu blockieren und keine Schiffe mehr durchzulassen. Eigentlich sind wir nicht damit einverstanden, weil wir ja keinen Krieg gegen den König führen wollen, aber wer nicht mitmacht, wird von den Meuterern beschossen.« »Was ist mit eurem Captain?« wollte Henry wissen. »Captain Fancourt steht unter Arrest in seiner Schlafkammer,« lautete die Antwort. »Wer ist euer Anführer?« Ohne zu zögern kam die Antwort: »Auf der Barkasse war das Paicey, aber der wurde getötet; auf der *Agamemnon* kommandiert John Fanshaw mit ein paar Schlägertypen. Sie haben die Marineinfanteristen in Eisen legen lassen und tragen als einzige Männer an Bord Waffen.« Henry glaubte nun, genug zu wissen und stellte jetzt die letzte und für ihn sehr entscheidende Frage: »Bist Du bereit, die Meuterei zu beenden und auf unserem Kanonenboot Dienst zu tun?« »Aye Sir, danke Sir,« stotterte

Quinn und konnte sein Glück kaum fassen, hatte er sich doch schon aufgeknüpft an irgendeiner Rahnock gesehen.

Am Ende meldete Henry du Valle an Sir Harry, dass sich sämtliche Gefangene zum Dienst auf Kanonenboot Nummer 14 gemeldet hatten. Dieser schlug jedoch vor, fünf der zehn Gefangenen auf die *San Fiorenzo* zu transferieren. Dafür bekam Henry du Valle fünf Männer von der *San Fiorenzo*. Damit war sichergestellt, dass die ehemaligen Meuterer keine zu große Gruppe auf dem Kanonenboot bildeten. Nach dem Austausch der Männer verabschiedete sich Henry von Sir Harry und das Kanonenboot Nummer 14 nahm Kurs auf das ihm zugeteilte Patrouillengebiet im Norden der Themsemündung. Henry du Valle war sehr zufrieden, denn er hatte nun die volle Mannschaftsstärke und endlich auch genügend erfahrene Seeleute an Bord.

6

Auf dem Weg ins Patrouillengebiet nutzte Henry du Valle die Zeit, seine Besatzung durch intensiven Drill an den Geschützen zu einer schlagkräftigen Einheit zu formen. Natürlich war die Zeit viel zu kurz, um aus den Landratten erfahrene Seeleute zu machen, aber zumindest kannte nach einer Weile jeder Mann seinen Platz an den Geschützen und seine Aufgabe. Damit sollte die Mannschaft für eine eventuelle Auseinandersetzung mit französischen Freibeutern gewappnet sein.

Noch war der östliche Horizont meist wie leergefegt. Wann immer Segel in Sicht kamen, handelte es sich um Handelsschiffe auf dem Weg nach London oder den anderen Themsehäfen. Als das Kanonenboot gegen Abend sein Einsatzgebiet erreicht hatte, kam ein ganzes Geschwader in Sicht. Der Ausguck, ein erfahrener Vollmatrose, war sich sicher, dass es sich um Kriegsschiffe handelte. Henry du Valle ließ seinen Midshipman aufentern. Nach einem Blick durch sein Teleskop meldete Mr. Cobham: »An Deck, es sind die *Circe* und drei Schoner.«

Henry ließ das Erkennungssignal und den Tagescode setzen. Tatsächlich handelte es sich um die *Circe* mit achtundzwanzig Kanonen. Erwartungsgemäß wurde Henry du Valle vom ranghöheren Kommandanten der *Circe* an Bord gebeten.

Captain Peter Halkett empfing ihn persönlich an der Pforte und bat ihn in seine Kajüte. Nachdem sie Platz genommen hatten, fragte er: »Nun, Mr. du Valle, wie ist die Lage bei Ihnen an Bord?« »Die Mannschaft ist loyal, Sir. Wir hatten eine kurze Auseinandersetzung mit einem

Wachboot der Meuterer, bei der sich alle an Bord gut gehalten haben.«

Captain Halkett nickte freundlich. »Es freut mich, das zu hören. Momentan scheint ja die halbe Flotte verrückt geworden zu sein.« »Sir, ich habe den Eindruck, dass viele der Seeleute nur unter Zwang mitmachen. Sir Harry von der *San Fiorenzo* ist ebenfalls dieser Meinung,« meinte Henry. »Und wie kommen Sie zu dieser Meinung, Captain du Valle?« »Bei der Begegnung mit den Meuterern haben wir einige Gefangene gemacht, die von der *Agamemnon* stammten. Dort wird die Besatzung von einigen Bewaffneten in Schach gehalten und zur Mitarbeit gezwungen,« berichtete Henry.

Halkett runzelte die Stirn: »Sie meinen also, die Besatzung der *Agamemnon* wäre im Grunde loyal?« »Davon gehe ich aus, Sir,« gab sich Henry sicher. »Haben Sie eine Idee, wo die *Agamemnon* liegt?« »Ja, Sir, nördlich der Nore. Sie soll die dortige Durchfahrt blockieren.« Captain Halkett erhob sich und lief, sich das Kinn reibend, durch die Kajüte. Henry du Valle wollte sich ebenfalls erheben, doch Captain Halkett bedeutete ihm, sitzenzubleiben.

Schließlich blieb Captain Halkett stehen und fragte: »Welche Befehle haben Sie, Captain du Valle?« »Ich soll die Handelsschiffe im Nordteil der Themsemündung schützen.« Halkett nickte ihm zu. »Mein kleines Geschwader hat denselben Auftrag, so dass Sie hier im Moment entbehrlich wären.« Henry du Valle wollte etwas erwidern, doch Captain Halkett fragte ihn in diesem Moment: »Würden Sie es für möglich halten, die Meuterer auf der *Agamemnon* zu überwältigen?« Henry brauchte nicht lange nachzudenken und antwortete: »Ja Sir, es scheinen nur wenige Bewaffnete zu sein. Ich muss Sie aber darauf hinweisen, dass ich eine sehr unerfahrene Besatzung habe.«

Captain Halkett winkte lächelnd ab. »Das ist mir bei so einem neuen Kanonenboot vollkommen klar. Ich könnte Ihnen für diesen Einsatz den Leutnant meiner Marineinfanteristen und zwanzig seiner Männer überlassen.« »Das wäre sehr hilfreich, Sir. Verbindlichsten Dank, Sir.« Henry freute sich über das großzügige Angebot des ranghöheren Offiziers.

»Dann lassen Sie uns darüber sprechen, wie Sie vorgehen wollen. Haben Sie schon eine Idee?« Henry überlegte kurz, antwortete dann: »Idee wäre vielleicht zu viel gesagt, Sir, aber ich denke, man muss die Meuterer so lange wie möglich über unsere Absichten im Unklaren lassen und dann blitzschnell zuschlagen.« »Das sehe ich auch so, Captain du Valle. Im Krieg ist es oftmals hilfreich, den Gegner genau das sehen zu lassen, was er erwartet. Wenn Sie sich zum Beispiel unter falscher Flagge nähern, so ist das eine legitime Kriegslist, solange Sie vor dem ersten Schuss Farbe bekennen. Hier handelt es sich aber um Meuterer und keine Gentlemen. Moralische Aspekte kann man also getrost ignorieren.«

Halkett hatte ein verschwörerisches Grinsen aufgesetzt, was bei seinem jüngeren Kollegen einen ähnlichen Gesichtsausdruck hervorrief. »Sie denken also daran, dass wir uns unter der roten Flagge der Meuterer nähern sollten, Sir?« »Richtig. Das würde die Meuterer mit Sicherheit gar nicht erst misstrauisch werden lassen. Und für den Fall, dass Sie von der *Agamemnon* angepreit werden, brauchen

Sie nur eine gute Begründung für Ihr Auftauchen und man wird Sie mit offenen Armen empfangen.« Henry nickte. »Ich werde mit meinen ehemaligen Gefangenen über die Verhältnisse an Bord sprechen. Vielleicht fällt mir dabei eine plausible Begründung ein.«

Im Anschluss wurde noch der Leutnant der Marines dazu gebeten, um die Einzelheiten der Unterbringung auf dem Kanonenboot zu besprechen. Dann ließ sich Henry du Valle wieder zurück rudern. Die Gespräche mit Männern von der *Agamemnon* brachten wenig neue Erkenntnisse. Immerhin wurde Henry du Valle aber erneut bestätigt, dass der Rückhalt der Meuterer innerhalb der Besatzung nur gering war. Vielleicht bedurfte es ja nur eines Funkens, um die schweigende Mehrheit an Bord dazu zu bewegen, endlich Farbe zu bekennen.

Inzwischen war es Nacht geworden und die Schiffe lagen bei ruhiger See dicht beieinander. Captain Halkett hatte die Schoner auf Patrouille geschickt. Die *Circe* ließ ihre Barkasse zu Wasser. Mit ihr kamen die Marineinfanteristen auf das Kanonenboot. Leutnant Woodward kam als erster an Bord. Henry du Valle begrüßte ihn und bat ihn in seine Kajüte, die beide miteinander teilen würden. Um die Unterbringung der Soldaten kümmerte sich der Bootsmann. Als jeder seinen Platz an Bord gefunden hatte, meldete sich Mr. Johnson beim Kommandanten. Henry begab sich sofort an Deck, um das Segelmanöver zu beaufsichtigen. Nachdem noch letzte Flaggensignale ausgetauscht waren, ließ er Segel setzen und das Kanonenboot Nummer 14 verließ die *Circe*. Noch lange sah er Captain Halkett auf seinem Achterdeck stehen, bis die *Circe* von der Nacht verschluckt wurde.

7

Henry du Valle nutzte die Zeit bis zum Liegeplatz der *Agamemnon*, um noch eine Mütze voll Schlaf zu nehmen. Als er erwachte, hatte in seinem Unterbewusstsein ein Plan Gestalt angenommen. Er beschloss, mit dem Master darüber zu sprechen. Es war nicht leicht, an Deck zu kommen. Auf dem Weg zum Niedergang musste Henry du Valle über die Leiber schlafender Marineinfanteristen steigen. Schon unter normalen Umständen herrschte hier eine drückende Enge. Mit den zusätzlichen Marineinfanteristen an Bord platzte das Kanonenboot aus allen Nähten.

Gierig atmete er die frische Nachtluft ein, als er das Deck betrat. Es versprach, ein schöner Frühsommertag zu werden. Am östlichen Horizont kündigte sich die Sonne durch einen hellen Streifen an. Mr. Richards hatte die Wache. Als er seinen Kommandanten sah, machte er diesem die ihm zustehende Luvseite des Achterdecks frei. Für Henry du Valle war das noch immer eine ungewohnte Erfahrung, obwohl er doch nun schon fast eine Woche mit dem Kanonenboot Nummer 14 unterwegs war.

Er warf einen Blick auf die Logtafel und fragte den Master: »Wie lange werden wir noch brauchen, Mr. Richards?« »Wenn der Wind so durchsteht, werden wir die *Agamemnon* kurz nach Sonnenaufgang sichten, Sir.« »Sehr gut. Zu dieser Zeit werden hoffentlich noch nicht alle Meuterer wach sein.« Die Männer lachten, und auch der Rudergänger an der Pinne verzog sein Gesicht zu einem Grinsen.

»Mr. Richards, ich habe darüber nachgedacht, wie wir die Meuterer am besten täuschen können. Zunächst einmal werden wir bei Sonnenaufgang die rote Flagge der

Meuterer im Großtopp[20] setzen. So können sie schon aus großer Entfernung sehen, mit wem sie es zu tun haben. Es ist wahrscheinlich besser, wenn ich mit Leutnant Woodward unter Deck bleibe. Offiziere des Königs geben einfach keine glaubwürdigen Meuterer ab.«

Wieder lachten die beiden. Henry du Valle fuhr fort: »Das Kommando an Deck werden Sie haben, Mr. Richards. Das dürfte glaubwürdig sein, denn immerhin soll es sich bei diesem Parker[21] ja um einen Steuermannsmaat handeln. Sie gehen mit dem Kanonenboot auf Höhe der Admirals-pforte längsseits und teilen dem Wachhabenden mit, dass Sie Verstärkung bringen, um die Mannschaft der *Agamemnon* besser unter Kontrolle halten zu können. Sobald die Pforte offen ist, muss es dann sehr schnell gehen. Zu-nächst geht ein Enterkommando an Bord und dann folgen die Marineinfanteristen und besetzen alle wichtigen Punkte, wie Pulverkammer, Rumlast und die Kapitänska-jüte.« Mr. Richards nickte zustimmend. »Das hört sich gut an, Sir. Ich glaube, das funktioniert so.«

Henry du Valle nahm sein Teleskop und enterte zur Brah-msaling des Fockmastes auf. Der Ausguck machte ihm Platz. Es war Nick Barmby, einer der Männer von der *Aga-memnon*. In diesem Moment wurde Henry du Valle klar, dass die Meuterer auf keinen Fall bekannte Gesichter auf dem Kanonenboot sehen durften. Das könnte sie miss-trauisch machen und den ganzen Plan gefährden. Am bes-ten handelte er sofort.

---

[20] Die Spitze des Großmastes.
[21] Richard Parker war der Führer der Nore-Meuterei

»Barmby, entere ab und sage dem Master, dass alle Männer von der *Agamemnon* unter Deck gehen und bis auf Widerruf bleiben sollen. Für die Meuterer sollt ihr ertrunken oder gefangen sein.« »Aye Sir.« Der Ausguck enterte ab. Henry konnte von oben sehen, dass sein Befehl sofort befolgt wurde.

Sein Blick wandte sich dem Horizont vor ihnen zu. Noch war dort Nacht, aber bald würden erste Sonnenstrahlen das vor ihnen liegende Gebiet beleuchten. Dann käme bald auch die Agamemnon in Sicht. Henry dachte daran, wie oft er schon den neuen Tag in luftiger Höhe auf See begrüßt hatte. Er stammte aus einer alten Seefahrerfamilie von der Insel Guernsey. Seinem Vater gehörten einige Schiffe, die jetzt als Freibeuter unterwegs waren. Es gab in Kriegszeiten kein einträglicheres Geschäft. In Friedenszeiten brachten die schnellen Segler normannische Austern in die englischen Häfen oder holten Holz, Tauwerk und Teer aus dem Baltikum. Schon als kleiner Junge hatte er seinen Vater auf solchen Reisen begleitet Sein Vater hatte ebenfalls die See im Blut. Als junger Mann diente er unter Sir Peter Parker. Horatio Nelson, der jetzt in aller Munde war, gehörte zu seinen ehemaligen Bordkameraden.

»Verzeihung Sir.« Der neue Ausguck drängte sich an ihm vorbei und riss Henry du Valle aus seinen Gedanken, woraufhin er zur Seite rückte. Langsam stieg die rote Sonne aus dem Meer und ihre Strahlen erreichten schließlich auch das Kanonenboot Nummer 14. Nach einer Weile meldete der Ausguck: »Sir, ich glaube, ich sehe Masten.« »Wo?« Henry du Valle setzte sein Teleskop an. »Fast genau vor uns, Sir.«

Tatsächlich, über der Nore lag zwar ein leichter Nebelschleier, doch drei Masten ragten daraus hervor. Bei diesen Sichtverhältnissen würde man das kleine Kanonenboot erst sehr spät bemerken.

Henry du Valle enterte ab und berichtete dem Master von dem gesichteten Linienschiff. Dann gab er ihm noch letzte Instruktionen und ging unter Deck, um Leutnant Woodward zu wecken, der seinen Plan noch nicht kannte. Woodward hatte auf der Sitzbank in der großen Kajüte übernachtet.

Als Henry du Valle die Kajüte betrat, war er bereits wach. Er saß komplett angezogen an dem großen Tisch und trank Kaffee. »Kommen Sie, Captain du Valle, ich habe ein paar Tassen für Sie aufgehoben.« Leutnant Woodward nahm die große Blechkanne und goss heiß dampfenden Kaffee ein. Vorsichtig nahm Henry einen Schluck. Dann sagte er zu Leutnant Woodward: »Ich habe mir überlegt, wie wir an Bord der *Agamemnon* kommen. Wir geben uns als von Richard Parker gesandte Verstärkung aus. Das wird sie beruhigen. Natürlich dürfen wir uns mit unseren Uniformen erst im allerletzten Moment sehen lassen. Deshalb werden meine Enterer an Deck warten und wir stellen uns mit den Seesoldaten an den beiden Niedergängen auf.«

Durch das offene Oberlicht meldete der Master: »Wir können die *Agamemnon* jetzt schon von Deck aus sehen. Auf ihr scheint alles ruhig zu sein.« Der Master ließ Segel wegnehmen, so dass sich die Fahrt verlangsamte. Noch immer war niemand auf der *Agamemnon* zu sehen. Mr. Johnson und seine Männer brachten an der Steuerbordseite Fender aus. Vorsichtig schor das Kanonenboot an die gewaltige

Bordwand der *Agamemnon* heran. Kurz bevor die Admiralspforte erreicht war, ließ Mr. Richards die verbliebenen Segel backstellen. Die Admiralspforte war offen. Trotzdem schien es dort keinen Wachposten zu geben. Tobias Cooper, der Quartermaster, führte den Entertrupp an. Sie nahmen die Holzstufen bis zur Admiralspforte und drangen vorsichtig in den Schiffsrumpf ein. Wenn die Mannschaft noch schlafen würde, wäre das ganze Geschützdeck voller Hängematten gewesen. Aber es war leer! Wo war die Besatzung der *Agamemnon*? »Wartet hier«, sagte der Quartermaster flüsternd. Dann ging er zurück zur Admiralspforte und beugte sich hinaus. »Das gesamte untere Geschützdeck ist verlassen«, berichtete er mit einem dröhnenden Flüstern, das man gewiss auch auf dem Oberdeck der *Agamemnon* hören musste.

Henry du Valle fasste einen Entschluss. »Alle mir nach, aber leise«, befahl er. Dann stieg er den Niedergang empor und kletterte die Holzstufen zur Admiralspforte hinauf. Im Geschützdeck der *Agamemnon* teilte er seine Männer auf. Er selbst stieg mit zehn Marineinfanteristen zum oberen Geschützdeck hinauf. Auch hier war keine Menschenseele zu sehen. Sie drangen bis zur Kapitänskajüte vor, die unbewacht war. Davor lagen die Kammern des Masters und des ersten Leutnants. Beide waren leer. Vorsichtig öffnete Henry du Valle die Tür zur Kapitänskajüte. In der Kajüte bot sich ein Bild der Verwüstung. Zwischen schnarchenden Seeleuten lagen leere Flaschen, etliche davon zerbrochen. Offenbar hatte Henry du Valle das Hauptquartier der Meuterer gefunden. Die Marineinfanteristen verteilten sich leise im Raum. Henry du Valle öffnete die Tür zur Schlafkammer des Kommandanten. Er wurde bereits von

Captain Fancourt erwartet, der das Kanonenboot durch das Fenster seiner Schlafkammer beobachtet hatte.

»Leutnant du Valle von seiner Majestät Kanonenboot Nummer 14«, stellte sich Henry du Valle vor. »Herzlich willkommen an Bord der *Agamemnon*, Mr. du Valle. Ihr Besuch ist mir hochwillkommen.« Captain Fancourt war selbst für einen Linienschiffskapitän schon recht alt. Er hatte graue Bartstoppeln im Gesicht, weil ihm die Meuterer nicht einmal sein Rasiermesser gelassen hatten, doch davon abgesehen war er korrekt gekleidet, jeder Zoll ein Offizier des Königs. Gemeinsam kehrten sie in die große Kajüte zurück. Henry du Valle sah die Zornesfalten auf der Stirn von Captain Fancourt angesichts der Schäden in der Kajüte. Doch auch jetzt bewahrte er Haltung. »Machen Sie weiter, Mr. du Valle.« Mehr sagte er nicht. »Sergeant Smithers, wecken Sie diese Männer«, befahl Henry du Valle. Die Marineinfanteristen stießen die Meuterer mit ihren Musketen an und trieben sie in einer Ecke des Raums zusammen.

Ein Marineinfanterist kam und meldete, dass die Besatzung der *Agamemnon* gefunden war. Die Meuterer hatten sie im Orlopdeck eingesperrt. Dort hatten sich auch die in Eisen geschlossenen Marineinfanteristen befunden. Dabei hatte es einen kurzen Kampf mit den bewaffneten Wachposten der Meuterer gegeben, an dem auch einige Männer der *Agamemnon* teilgenommen hatten. Es dauerte nicht lange und die Mannschaft der *Agamemnon* hatte ihr Schiff wieder in Besitz genommen. Henry du Valle kehrte mit seinen Männern auf das Kanonenboot zurück. Captain Fancourt hatte wieder alles im Griff.

Für Henry du Valle war jetzt die Zeit für ein ausführliches Frühstück und er lud Leutnant Woodward dazu ein. Beide waren erleichtert, wie glimpflich die ganze Aktion abgelaufen war und verspürten jetzt einen ordentlichen Appetit. Henrys Steward war ein ehemaliger Küchenjunge, den man wegen eines gestohlenen Brotes verurteilt hatte. Er meldete sich zur Royal Navy und bewahrte sich so vor dem Galgen. Für Henry war er ein Glücksgriff, denn bei seinem ehemaligen Arbeitgeber hatte er viel gelernt. Das merkte man auch dem Frühstück an, das er den beiden Offizieren servierte – und bei dem auch das Brot nicht fehlte.

Es klopfte an der Tür und Henry du Valle rief: »Herein!« Ein ihm unbekannter Korporal der Marineinfanterie salutierte vor ihm und meldete: »Eine Nachricht von Captain Fancourt, Sir.« Nachdem der Korporal weggetreten war, erbrach Henry du Valle das Siegel des Briefes und sagte: »Dieses Frühstück wird nicht Ihre letzte Einladung für heute sein, Leutnant Woodward. Captain Fancourt lädt uns zum Dinner ein.«

Bei der Royal Navy war es üblich, die Mahlzeiten früher als an Land einzunehmen und so war es noch Nachmittag, als die beiden Offiziere zum Dinner bei Captain Fancourt aufbrachen. Jetzt war die Admiralspforte besetzt und Henry du Valle wurde mit allen Ehren eines Kommandanten begrüßt. Der erste Leutnant der *Agamemnon* geleitete sie zu Captain Fancourt. Dieser hatte zur Feier des Tages und zu Ehren seiner Befreier das gesamte Offizierskorps der *Agamemnon* eingeladen, doch Henry du Valle und Leutnant Woodward gebührten die Ehrenplätze an seiner Tafel.

Das Dinner verlief in einer sehr entspannten Atmosphäre. Captain Fancourt entstammte einer wohlhabcndcn Familie aus der Londoner City. Deshalb verfügte er über sehr umfangreiche Privatvorräte, die bis auf die alkoholischen Getränke unversehrt geblieben waren. Mit dem Wein hatte Henry du Valle ausgeholfen. Obwohl seine Karriere durch viele Rückschläge geprägt war, weshalb er auch erst sehr spät die Beförderung zum Captain erhalten hatte, lernte Henry du Valle Captain Fancourt als sehr entspannten und mit seinem Leben zufriedenen Mann kennen, dem das Wohl seiner Besatzung an erster Stelle stand. Das entsprach ganz der Erziehung, die Henry du Valle durch seinen Vater erhalten hatte.

Als alle Platten und Teller abgeräumt waren und die Portweinflaschen zu kreisen begannen, erinnerte sich Henry du Valle an sein gegenwärtiges Hauptproblem, die Stärke seiner Besatzung, denn die Männer von der *Agamemnon* müsste er ja eigentlich an ihr Schiff zurückgeben. Er beschloss, gegen die Etikette zu verstoßen, bei Tisch keine dienstlichen Themen zu besprechen. Henry du Valle sagte: »Mit Verlaub, Captain Fancourt, wenn ich Sie beim Dinner mit diesem Problem belästige, doch da sich unsere Wege morgen früh trennen werden, muss ich die Gelegenheit ergreifen, Sie jetzt darauf anzusprechen.« »Wie kann ich Ihnen helfen, Captain du Valle?« »Es geht um Ihre Männer, Sir. Nach dem Gefecht mit der Barkasse konnten wir zehn Ihrer Männer retten. Fünf davon haben wir im Tausch an die *San Fiorenzo* übergeben, die anderen tun bei mir Dienst. Es ist natürlich Ihr Recht, sie zurückzufordern, es würde mir aber sehr helfen, wenn ich sie behalten könnte.« Captain Fancourt lachte und sagte: »Wenn ich damit zumindest einen Teil meiner Schulden bei Ihnen abtragen kann, überlasse ich Ihnen die Männer sehr gern. Leutnant Davies wird dafür sorgen, dass ihre Habseligkeiten auf Ihr Schiff gebracht werden.«

8

Am nächsten Morgen macht das Kanonenboot Nummer 14 von der *Agamemnon* los, um in sein zugewiesenes Patrouillengebiet zurückzukehren. Captain Fancourt hingegen beabsichtigte, Gravesend anzusteuern, um sich dem Geschwader von Kommodore Gower anzuschließen.

Einige Tage später kreuzte Kanonenboot Nummer 14 östlich der Nore. Nach einem kurzen Treffen mit der *Circe* hatte ihnen Captain Halkett den südlichsten Abschnitt seines Einsatzgebietes zugewiesen.

In der Zwischenzeit hatten die Meuterer ihre Blockade der Themsemündung beendet und ließen nun Handelsschiffe passieren. Dagegen hatte die Royal Navy ihre Blockade der Meuterer weiter verschärft, so dass diese von jeglichem Nachschub abgeschnitten waren. Immer mehr Schiffe des Nore-Geschwaders warfen die Meuterer über Bord und schlossen sich der Blockade an. Es war nur noch die Frage von Tagen, bis die Meuterei vorbei sein würde.

Die Reede vor der Nore hatte sich innerhalb kürzester Zeit von Handelsschiffen geleert. Im Gebiet des Kanonenbootes Nummer 14 hatte es keine Angriffe von französischen Freibeutern gegeben. Vermutlich hatte die Nachricht von der Blockade der Themsemündung durch die Meuterer die französischen Korsarenhäfen[22] zu spät erreicht.

Henry du Valle nutzte die gewonnene Zeit für die weitere Ausbildung seiner Besatzung. Fast alle der Landratten an

---

[22] Die französischen Freibeuter bezeichneten sich selbst als Korsaren.

Bord entstammten zwar dem Bodensatz der englischen Gesellschaft, doch waren viele der Männer durchaus willig und zeigten gute Ansätze beim Erlernen des Seemannsberufes. Meist wurde der Vormittag für den Segeldrill genutzt und nach dem Mittagessen ging es an die Kanonen. Aufgrund der sehr beengten Platzverhältnisse an Bord war auch der Vorrat an Schießpulver und Kanonenkugeln begrenzt. Deshalb musste sich Henry du Valle meist auf Trockenübungen beschränken, bei denen die vorgeschriebenen Arbeitsschritte nur durchgespielt wurden.

Henry erwachte vom Geräusch der »Gebetssteine«[23], mit denen das Deck des Kanonenboots jeden Morgen geschrubbt wurde. Sein Steward Jeeves klapperte in der Kajüte mit dem Geschirr. Es würde also gleich Frühstück geben. Henry rasierte sich und zog seine Arbeitsuniform an, die aus einer weiten Seemannshose, einem weißen Hemd und einer einfachen blauen Uniformjacke bestand. Die vorschriftsmäßige Uniform trug man bei der Royal Navy nur bei offiziellen Anlässen oder wenn man mit Vorgesetzten zu tun hatte.

Als Henry du Valle die Kajüte betrat, war der Frühstückstisch fertig gedeckt. Es gab eine gebratene Scholle, die einer der Vollmatrosen am Vortag gefangen hatte und dazu mit Käse überbackenen Toast. Leider nahmen die frischen Lebensmittel von Tag zu Tag weiter ab. Zum Glück galt das aber nicht für den Kaffee, den Henry du Valle jeden Morgen reichlich genoss.

---

[23] Schleifsteine, mit denen vor allem Teerspuren von den Decksplanken entfernt wurden

Während er bereits die dritte Tasse trank, blickte er durch das geöffnete Oberlicht nach draußen. Er sah einen makellos blauen Himmel. Es versprach, wieder ein schöner Tag zu werden. Dann hörte Henry du Valle ein fernes Donnergrollen. Drohte eine Gewitter oder war das Kanonendonner?

Er beendete das Frühstück und ging an Deck. Mr. Cobham hatte die Wache. Nachdem er grüßend seinen Hut berührt hatte, meldete er: »Kurs Westsüdwest liegt an Sir.« »Danke, Mr. Cobham, waren das gerade Kanonenschüsse?« »Aye Sir, sie kamen aus Richtung Nore. Vermutlich versucht wieder ein Schiff, den Meuterern zu entkommen.« Cobham sah seinen Kommandanten in Erwartung weiterer Befehle an, die auch prompt kamen: »Wir wollen uns das einmal anschauen. Nehmen Sie direkten Kurs auf die Reede der Meuterer. Wir haben Hochwasser und sollten mit eingezogenem Kiel ganz bequem über die Untiefen kommen.«

Das Kanonenboot ging auf Westkurs und der Bootsmann holte mit seinen Gehilfen den Kiel ein. Sofort begann das Kanonenboot stärker zu rollen, obwohl die See relativ ruhig war. Gegen Mittag meldete der Ausguck: »Segel in Sicht, ein sehr großes Schiff mit merkwürdigen Masten.« Henry du Valle enterte selbst auf, um das Schiff in Augenschein zu nehmen.

Was er sah, war ein Dreidecker mit stark verkürzten Masten. Das musste die *Sandwich* mit ehemals 98 Kanonen sein. Man hatte sie zu einer schwimmenden Batterie umgebaut. Henry du Valle wusste, dass man bei schwimmenden Batterien keinen großen Wert auf Segeleigenschaften legte, da sie ja stationär eingesetzt werden sollten. Bei der *Sandwich* hatte man, um die Besatzungsstärke niedriger halten zu können, die oberen Maststengen eingespart.

Die *Sandwich* fuhr unter allen ihr verbliebenen Segeln. Offenbar versuchte sie, die offene See zu gewinnen. Das konnte nur eins bedeuten: Die Meuterer wollten nach Frankreich fliehen. Henry du Valle war klar, dass er diese Flucht unter allen Umständen verhindern musste. Natürlich konnte er sich nicht auf ein Gefecht mit einem Dreidecker einlassen. Aber das Kanonenboot war schneller und wendiger als das arg gestutzte Linienschiff. Diesen Vorteil galt es, zu nutzen.

Henry du Valle enterte ab und ließ sich von Mr. Richards die genaue Position zeigen. Sie befanden sich zwischen der großen Nore-Sandbank und einer Untiefe, die einige Seemeilen weiter seewärts lag. Der Master hatte diese kleine Sandbank selbst in die Karte eingezeichnet. Vermutlich war sie erst durch die Frühjahrsstürme entstanden.

»Sie gehen also davon aus, dass diese Sandbank weitgehend unbekannt ist, Mr. Richards?« fragte Henry du Valle. »Ja Sir, das macht diese Gegend so gefährlich. Die Gezeitenströme, der Wind und sogar die Themse verändern den Meeresgrund ständig.« »Kommen wir mit unserem Kanonenboot über die Untiefe?« Richards antwortete sofort und im tiefsten Brustton der Überzeugung: »In den nächsten zwei Stunden mit Sicherheit. Danach würde ich es erst bei der nächsten Flut wieder riskieren, obwohl diese Sandbank niemals ganz trockenfällt.«

Henry du Valles Plan war ganz einfach. Er wollte die *Sandwich* immer wieder angreifen und sich dann schnell zurückziehen. Irgendwann würden die Meuterer ihm folgen und mit ein wenig Glück auf die Untiefe auflaufen. Um möglichst schnell reagieren zu können, ließ Henry du Valle nur die Jagdgeschütze besetzen. Alle anderen Männer wurden für die Segelmanöver gebraucht.

Unter vollen Segeln näherte sich das Kanonenboot Nummer 14 der *Sandwich*. Den Kiel hatte Henry du Valle wieder ausfahren lassen. Erst kurz vor der Sandbank würde er wieder eingezogen werden. Noch bevor sie sich der *Sandwich* auf Schussweite genähert hatten, ließ Henry du Valle die erste Kanone abfeuern. Die Kugel tanzte über das Wasser und versank eine halbe Kabellänge vor dem Bug der *Sandwich*.

Das Kanonenboot ging auf den Steuerbordbug und die zweite Kanone wurde abgefeuert. Dieser Schuss traf einen der Anker. Henry du Valle ließ wenden und das Kanonenboot segelte vor der *Sandwich* her. Durch das Wendemanöver hatte das Kanonenboot so viel von seinem Vorsprung eingebüßt, dass sich der Dreidecker nun auch auf Schussweite der Karronaden befand.

Henry du Valle blieb aber dabei, keine komplette Breitseite einzusetzen. Immerhin wollte er kein Gefecht gegen ein ehemaliges Linienschiff führen, sondern die Meuterer nur dazu bringen, das Kanonenboot zu verfolgen. Das Kanonenboot luvte kurz an und zwei Karronaden bellten auf. Ihre Kugeln rissen zwei Löcher knapp über der Wasserlinie in den Rumpf.

Nun galt es, den zweiten Teil des Plans umzusetzen. Henry du Valle ließ Kurs auf die Sandbank nehmen. Der Vorsprung des Kanonenbootes wuchs rasch. Offensichtlich ließen sich die Meuterer aber nicht provozieren. Sie befanden sich tatsächlich auf der Flucht und hatten keine Zeit mit einem deutlich unterlegenen Gegner zu verlieren. Henry du Valles schöner Plan war gescheitert. Wie konnte er nun noch verhindern, dass die Meuterer Frankreich erreichten? Es blieb nur noch die Hoffnung, dass sich die *San Fiorenzo* ihnen in den Weg stellte.

9

Zunächst befahl Henry du Valle, die Verfolgung der *Sandwich* aufzunehmen. Die Distanz zwischen beiden Schiffen war innerhalb kurzer Zeit auf mehr als zwei Seemeilen angewachsen. Henry du Valle ließ Vollzeug setzen. Bei den gegenwärtigen Windverhältnissen - es wehte eine stetige Brise aus Westnordwest - konnte er das dem Kanonenboot zumuten. Es legte sich zwar sehr stark auf den Steuerbordbug, aber das Kielschwert verhinderte ein Kentern. Zum ersten Mal zeigte das Kanonenboot Nummer 14, was in ihm steckte. Trotz seines recht völligen Rumpfes war es ein überraschend guter Segler.

Für einen Moment vergaß Henry, worum es hier ging und er genoss einfach nur das Segeln. Vor lauter Begeisterung und Glücksgefühl hätte er jubeln mögen, doch natürlich durfte er das als der Captain nicht zeigen. So wandte er sich lediglich an den neben ihm stehenden Master und sagte: »Sie macht sich recht gut, unsere Nummer 14.« »Aye Sir«, antwortete Mr. Richards mit einem Lächeln. Jedem Seemann musste in solch einem Augenblick das Herz aufgehen, und so gab es an Bord der Nummer 14 nur zufriedene Gesichter.

Die allgemeine Zufriedenheit rührte auch daher, dass man sehen konnte, wie schnell das Kanonenboot aufholte. Allerdings wich bei Henry du Valle mit jedem Meter das Glücksgefühl der bangen Frage, was zu tun sei, sobald die *Sandwich* eingeholt war. Immerhin konnte er sich nicht wie Nelson vor einigen Monaten bei Kap St. Vincent vor den

Bug seines Gegners legen[24]. Henry du Valle dachte angestrengt nach. Wenn er sich nicht vor den Bug legen konnte, blieben immer noch die Seiten und das Heck. An den Seiten drohten die Geschützbatterien der *Sandwich*, die das Kanonenboot ganz einfach aus dem Wasser blasen konnten.

Henry du Valle beschloss, mit den Meuterern ein wenig Katz und Maus zu spielen. Das Kanonenboot holte immer weiter auf und er ließ es ein wenig abfallen, um in sicherer Entfernung zu der Backbordbreitseite der *Sandwich* zu bleiben. Dann ließ er signalisieren: »Drehen Sie bei.« Das Signal wurde durch einen Schuss vor den Bug bekräftigt. Die Meuterer reagierten nicht.

Nun befahl Henry du Valle eine Halse. Dadurch verlor das Kanonenboot an Fahrt und die *Sandwich* zog davon. Das Kanonenboot passierte die *Sandwich* hinter ihrem Heck. Nach dem Segelmanöver nahm es wieder Fahrt auf und überholte die *Sandwich* nun an Steuerbord. Erneut ließ Henry einen Schuss vor den Bug abfeuern. Dann ließ er nach Backbord halsen und das ganze Spiel wiederholte sich.

In der Zwischenzeit stellte Henry du Valle ein Enterkommando zusammen, denn er beabsichtigte, die *Sandwich* im Handstreich zu erobern. Sobald er und seine Männer auf der *Sandwich* Fuß gefasst hätten, sollte Sergeant Smithers mit den Marineinfanteristen folgen.

---

[24] In der Seeschlacht bei Kap St. Vincent am 14.02.1797 ließ Horatio Nelson seine HMS Captain vor den Bug der spanischen San Nicolás legen und enterte sie.

Wieder wurde ein Schuss vor den Bug abgefeuert, doch nun ließ Henry du Valle nicht halsen, sondern das Kanonenboot fiel nur leicht ab, wodurch es unmittelbar hinter das Heck der *Sandwich* kam. Zwei Männer warfen Wurfdraggen, die sich in der Heckgalerie der *Sandwich* verfingen. Daran kletterten die Enterer nach oben. Henry führte sie an. Er schwang sich über die Brüstung der Heckgalerie und half den nachfolgenden Männern.

Dann drangen sie, noch immer unbemerkt, in die Offiziersmesse der *Sandwich* ein. Die Offiziersmesse war verlassen. Die Männer kehrten zur Heckgalerie zurück und warfen nun eine Strickleiter nach unten, die vom Bootsmann aufgefangen und an einer Nagelbank befestigt wurde. Derweil waren der Master und der Quartermaster hochkonzentriert damit beschäftigt, genügend Abstand zur *Sandwich* zu halten, damit der Klüverbaum des Kanonenboots nicht beschädigt wurde.

Während nun die Marineinfanteristen über die Strickleiter auf die *Sandwich* kletterten, war den Meuterern natürlich aufgefallen, dass ihr Verfolger nicht wie erwartet auf die Steuerbordseite gewechselt war und hatten den Enterversuch entdeckt. Ihre Versuche, die Enterer unter Beschuss zu nehmen, scheiterten jedoch an zwei Marineinfanteristen auf der Fockmarssaling, die das Poopdeck der *Sandwich* unter Feuer nahmen und dort alle in Deckung zwangen, die über die Heckreling nach unten feuern wollten.

Einem der Meuterer gelang es aber doch, eine Kanonenkugel nach unten zu werfen. Sie riss die Strickleiter ab und der darauf befindliche Soldat konnte sich nur mit viel Glück am Klüverbaum festhalten. Allerdings war zu diesem Zeitpunkt der größte Teil der Marineinfanteristen an Bord der *Sandwich* gelangt.

Da nun keine weitere Verstärkung vom Kanonenboot zu erwarten war, mussten die in der Offiziersmesse versammelten Männer genügen, um die *Sandwich* zu erobern. Über einen Niedergang vor der Offiziersmesse griffen bereits die ersten Meuterer an.

Henry du Valle konnte sie an der Spitze seiner Männer zurückdrängen. Sergeant Smithers und seine Marineinfanteristen erhielten den Auftrag, das untere Kanonendeck von den Meuterern zu säubern und dann im Vorschiff nach oben vorzustoßen. Henry du Valle wollte mit den restlichen Enterern über den verbissen verteidigten Niedergang nach oben vorstoßen. Auf dem Mitteldeck stießen sie auf erbitterten Widerstand und kamen über den engen Niedergang nicht voran.

Plötzlich entstand hinter den Meuterern eine Bewegung. Sie wurden von Seeleuten der *Sandwich* angegriffen, die offensichtlich nichts mit der Meuterei zu tun haben wollten. Sobald die Meuterer entwaffnet waren, bildete Henry aus seinen Enterern und den Männern von der *Sandwich* zwei Gruppen, die nun über zwei unterschiedliche Niedergänge das Oberdeck stürmen sollten.

Henry du Valle führte die hintere Gruppe an, die über ihren Niedergang den Bereich vor dem Kapitänsquartier erreichte. Hier stießen sie auf einige Bewaffnete, die sich sofort ergaben. In der Kammer des Masters wurde Captain Mosse, der Kommandant der *Sandwich*, gefangen gehalten. Als Henry die Tür aufstieß und Captain Mosse sofort die Situation erfasste, rief er Henry zu: »Sir, keine Zeit für

Vorstellungen. Schnell, eine Waffe – dieser Schuft Parker, der Anführer der Meuterei, ist hier an Bord! Ihn müssen wir unbedingt zu fassen bekommen!« Henry stattete ihn mit einem Säbel und einer Pistole aus und gemeinsam stürmten sie dann hinaus auf das Achterdeck. An Deck hatten die Marineinfanteristen und die loyalen Besatzungsmitglieder der *Sandwich* inzwischen die Lage fest im Griff.

Nur auf dem Hüttendeck hatte sich Richard Parker noch mit seinen letzten Getreuen verschanzt. Er feuerte eine Pistole auf Henry du Valle ab, doch der Schuss ging fehl. Henry griff ihn mit seinem Säbel an. Richard Parker parierte seinen Angriff und ging zum Gegenangriff über. In diesem Moment wich Henry geschickt aus und Richard Parker strauchelte. Henry nutzte diesen kurzen Augenblick der Schwäche und schlug ihn mit dem Griff seines Säbels nieder. Daraufhin ergaben sich nun auch die letzten Meuterer.

10

»Auf Befehl des sehr ehrenwerten Earl Spencer, Erster Lord der Admiralität, wird hiermit verfügt, dass seiner Majestät Kanonenboot Nummer 14 mit Wirkung vom 7. August 1797 als Kanonenbrigg klassifiziert wird. Selbiger Kanonenbrigg wird der Name *Clinker* verliehen. Gegeben zu London am 7. August 1797, gezeichnet William Marsden, 2. Sekretär der Royal Navy.«

Henry du Valle rollte das Schreiben zusammen, lüftete seinen Hut und rief: »Gott schütze den König!« »Gott schütze den König!« antwortete die angetretene Besatzung. »Und Gott schütze seiner Majestät Kanonenbrigg *Clinker*!« rief Henry du Valle nun. »Hurra!« rief die Besatzung und die Männer warfen ihre Mützen und Hüte in die Luft.

Die *Clinker* lag auf der Reede von Sheerness an einer Mooringstonne[25]. Hier erwartete sie neue Befehle, nachdem sie nach der Niederschlagung der Meuterei und den darauffolgenden Prozessen einen Konvoi zu den Downs begleitet hatte. Wahrscheinlich würde der neue Befehl ganz ähnlich lauten, so dass es wieder keine Aussicht auf Prisengeld gab.

Das trug nicht gerade zur Zufriedenheit an Bord der *Clinker* bei, zumal auch die Rückeroberungen der *Agamemnon* und der *Sandwich* ohne Anerkennung geblieben waren. Offiziell hatten die Besatzungen besagter Schiffe die Meuterer überwältigt. Für Henry du Valle kam deshalb die Verleihung des Namens an die gute alte Nummer 14 sehr gelegen, denn es tat dem Selbstbewusstsein der Besatzung

---

[25] Mit einer Kette verankerte Boje zum Festmachen von Schiffen.

sehr gut, keine Nummer mehr sein zu müssen. Jetzt konnten sie sich den Namenszug *Clinker* in die Bänder ihrer Strohhüte sticken und auf Landgang stolz zur Schau stellen.

Zur Feier des Tages ließ Henry eine Extraration Rum ausgeben. Auf einem auf Reede liegenden Schiff war der Dienst stark eingeschränkt, so dass er auch den einen oder anderen Betrunkenen in Kauf nehmen konnte. Trotzdem war der Ausguck besetzt und auf dem Achterdeck ging ein Gehilfe des Quartermasters Wache.

Plötzlich meldete der Ausguck: »An Deck! *Sandwich* signalisiert.« Der Wachhabende nahm ein Fernrohr zu Hilfe und meldete dann durch das geöffnete Oberlicht: »Captain, das Flaggschiff hat unsere Kennung vorgehisst. Gleich wird ein Signal für uns folgen.«

Kurz darauf war Henry an Deck und beobachte die *Sandwich* durch sein Fernrohr. Schließlich stiegen an der Besanrah einige bunte Bälle auf und entfalteten sich. Die *Sandwich* signalisierte: »Kommandant an Bord des Flaggschiffs kommen.« Sofort wurde die Kommandantengig bemannt und Henry du Valle zog hastig seine beste Uniform an. Glücklicherweise war er frisch rasiert. Dann ging er an Bord der Kommandantengig, die sofort von der *Clinker* abstieß. Die *Sandwich* lag ungefähr zwei Kabellängen[26] von der *Clinker* entfernt vor Anker. Die Bootscrew schaffte die Strecke in wenigen Minuten. Von der *Sandwich* wurden sie angerufen: »Boot ahoi!« »*Clinker*!« antwortete der Buggast, stolz darauf, endlich mit einem richtigen Schiffsnamen

---

[26] Hier: 1 Kabellänge = 185,2 m

antworten zu können. Damit zeigte er an, dass sich der Kommandant der *Clinker* im Boot befand.

An der Bordwand der *Sandwich* war eine Treppe angebracht worden, über die Besucher bequem an Bord kommen konnten. Auf dem Oberdeck wurde Henry du Valle von Captain Mosse und dem üblichen Begrüßungskommando in Empfang genommen. Nach einer herzlichen Begrüßung geleitete Captain Mosse seinen Gast zu Vizeadmiral Lutwidge. Dieser hatte den Posten des Oberbefehlshabers des Nore-Geschwaders von Admiral Buckner nach der Meuterei übernommen.

Er saß auf seiner Heckgalerie und genoss die Wärme des Spätsommertages. »Da sind Sie ja, Captain du Valle, kommen Sie, nehmen Sie neben mir Platz.« Der Admiral wies auf einen Stuhl, der auf der anderen Seite eines kleinen Beistelltischs stand. Während sich Captain Mosse verabschiedete, nahm Henry auf dem angebotenen Stuhl Platz und der Steward des Admirals servierte ihm ein Glas Rheinwein.

Vizeadmiral Lutwidge war ein bekannter Mann in Navykreisen. Als junger Commander hatte er das Mörserschiff *Carcass* während der Arktisexpedition unter Captain Phipps befehligt. Einer seiner Kadetten an Bord war der junge Horatio Nelson, der seit einigen Monaten Englands jüngster Admiral war.

Lutwidge nahm sein Glas und prostete Henry du Valle zu: »Ich gratuliere Ihnen und Ihrer *Clinker* zur Namensgebung, Captain du Valle. Und auch zur Ergreifung dieses Schuftes Parker, woran Sie ja auch einen nicht unerheblichen Anteil hatten, wie ich hörte.« Henry ergriff sein Glas und bedankte sich für die Glückwünsche. Dann trank er den angenehm kühlen Wein. »Ich habe Sie natürlich nicht nur zu mir gebeten, um Ihnen meine besten Wünsche auszusprechen«, sagte der Admiral, »Admiral Duncan hat mich um eine meiner Kanonenbriggs gebeten. Wie Sie sicherlich wissen, blockiert er die Küste dieser sogenannten Batavischen Republik[27]. Dafür braucht er ein Schiff mit geringem Tiefgang, das bis dicht vor die Küste vordringen kann. Dabei dachte ich natürlich an Sie, denn mit küstennahen Operationen hatten Sie in der Vergangenheit ja oft zu tun[28].«

Nachdem der dienstliche Teil besprochen war, erkundigte sich Vizeadmiral Lutwidge noch nach Henrys Vater, den er im Krieg gegen die amerikanischen Kolonien kurz kennengelernt hatte. Schließlich endete das Gespräch und Henry begab sich noch zu Captain Mosse, um diesem einen kurzen Höflichkeitsbesuch abzustatten. Captain Mosse hatte jedoch nicht die Absicht, es bei einem kurzen Besuch zu belassen. Er lud Henry du Valle zum Dinner ein, das beide in freundschaftlicher Atmosphäre verbrachten.

Es wurde bereits dunkel, als sich Henry zurück zur *Clinker* rudern ließ. Sofort rief er seine Offiziere zu sich, um sie über die neuen Befehle zu informieren. Diese waren natürlich begeistert, denn damit drohte kein weiterer Konvoidienst mehr. Auf einem kleinen Schiff wie der *Clinker* blieb

---

[27] 1794/95 besetzte Frankreich die Niederlande und gründete die Batavische Republik als Sattelitenstaat.
[28] Siehe Band 1 – Korsaren und Spione

keine Neuigkeit lange geheim und so gab es an diesem Abend auf der *Clinker* nur vergnügte Gesichter.

11

Henry du Valles Befehle sahen vor, dass er sich bei Admiral Duncan melden sollte, der mit dem Großteil seines Geschwaders vor der holländischen Küste kreuzte. Der Wind stand günstig, so dass er mit der *Clinker* in einem Schlag die holländische Küste erreichte. Unmittelbar nachdem die *Clinker* ihren Salut für die Flagge des Admirals beendet hatte, wurde Henry du Valle an Bord des Flaggschiffs befohlen.

Admiral Duncans Flaggschiff war die *Venerable*, ein Zweidecker mit vierundsiebzig Kanonen. Einem Mann seines Ranges hätte eigentlich ein größeres Linienschiff zugestanden, doch für den Kampf gegen die holländische Flotte waren Schiffe mit möglichst geringem Tiefgang in den küstennahen Gewässern einfach besser geeignet.

Henry du Valle wurde von Captain Fairfax empfangen. So wie alle Offiziere und Kadetten an Bord entstammte er einer schottischen Familie, war jedoch selbst in England geboren, weshalb er mit südenglischem Akzent sprach. Dagegen war Admiral Duncan ein Schotte von echtem Schrot und Korn. Groß und knorrig wie eine alte Eiche strahlte er trotz seines Alters von sechsundsechzig Jahren eine ungeheure Vitalität aus.

Zur Begrüßung erhob er sich von seinem Schreibtischstuhl und kam Henry einige Schritte entgegen. »Willkommen in meinem Geschwader, Captain du Valle«, sagte er in seinem schottischen Dialekt, »Sie und Ihr Schiff sind mir hochwillkommen. Haben Sie tatsächlich so einen geringen Tiefgang?« »Ja Sir, aber durch unseren versenkbaren Kiel, eine Erfindung von Captain Schank, können wir trotzdem hart am Wind segeln.« Der Admiral war beeindruckt. »Es ist doch immer wieder erstaunlich, was diese Erfinder heutzutage an nützlichen Dingen erschaffen«, sagte er, »Aber nun zu Ihrem Auftrag, junger Mann, für den Sie hauptsächlich Ihren geringen Tiefgang und etwas Glück benötigen werden. Wie Sie wissen, blockieren wir die holländische Küste, um die Holländer daran zu hindern, sich in Brest mit den Franzosen zu vereinigen, um anschließend eine Invasion Irlands zu unternehmen. Bei der derzeitigen Wetterlage sind die Windverhältnisse äußerst günstig für uns, denn sie hindern die Holländer daran, ihren Liegeplatz im Windschatten von Texel zu verlassen. Das kann sich aber jederzeit ändern und dann müssen wir rechtzeitig über alle ihre Schritte informiert sein. Ich möchte von Ihnen, dass Sie sich dem Ankerplatz der Holländer so weit wie möglich nähern. Stellen Sie fest, wie schnell ihre Schiffe auslaufen können und wie Sie ihren Zustand einschätzen. Was Sie erfahren, berichten Sie regelmäßig Captain Trollope, der mit seinem kleinen Geschwader direkt vor der Küste kreuzt. Er wird dann alle Informationen an mich weiterleiten.«

Anschließend ließ sich Admiral Duncan noch über den neuesten Marineklatsch informieren. Er war schon etliche Monate auf See und daher dankbar für jede Nachricht aus der Heimat – vor allem für solche, die er nicht schon den offiziellen Schreiben aus Whitehall entnehmen konnte, die ihm die Kurierschiffe regelmäßig brachten.

Dann brachte er Henry du Valle persönlich an die Admiralspforte. Zum Abschied sagte er: »Ich wünsche Ihnen viel Glück, Captain du Valle, denn das werden Sie brauchen. Aber eigentlich mache ich mir keine Sorgen um Sie, denn ihr Männer von Guernsey seid die geborenen Seeleute.« Pflichtgemäß bedankte sich Henry und versprach, sein Bestes zu geben. Auf der Rückfahrt zur *Clinker* dachte er über die Begegnung mit Admiral Duncan nach und fragte sich, ob er es selbst auch jemals bis in so eine hohe Position schaffen würde.

Unmittelbar nach seiner Rückkehr ließ er Kurs auf Texel nehmen, wo Captain Trollope kreuzen sollte. Tatsächlich fand er ihn in der Nähe von Onrust, einer Sandbank vor dem Marsdiep, dem Fahrwasser, über das man Amsterdam und Hoorn erreichen konnte. Mit seinem Vierundsiebziger *Russel* führte Trollope ein kleines Geschwader an, das noch aus dem Fünfziger *Adamant*, den Fregatten *Beaulieu* und *Circe* sowie der Sloop *Martin* bestand, die alle in Kiellinie fuhren. Daneben kreuzte noch der Kutter *Black Joke*.

Nachdem sich die *Clinker* per Flaggensignal identifiziert hatte, wurde Henry du Valle sofort auf die *Russel* gerufen. Captain Trollope empfing ihn persönlich und sagte mit einem Blick auf die in Dwarslinie zur *Russel* kreuzende *Clinker*: »Wie ich sehe, besteht Ihre Hauptbewaffnung aus Karronaden. Das macht aus Ihrer kleinen Brigg einen ernstzunehmenden Gegner, Captain…« »Leutnant du Valle von seiner Majestät Kanonenbrigg *Clinker*, Sir,« stellte sich Henry vor, dem es schwerfiel, ein Schmunzeln zu unterdrücken, denn Captain Trollope war in der ganzen Royal Navy dafür bekannt, Karronaden zu lieben. »Äh..ja, Captain du Valle, folgen Sie mir in meine Kajüte.«

In der großen Kajüte übergab Henry du Valle die von Admiral Duncan für Captain Trollope erhaltenen Dokumente. Captain Trollope bot ihm einen Platz an und rief nach seinem Steward: »Patrick, bring uns eine Flasche Bordeaux.« Zu Henry gewandt erklärte er schelmisch grinsend: »Die *Black Joke* hat letzte Woche ein holländisches Handelsschiff aufgebracht. Das tat unseren Weinvorräten sehr gut.« Dann überflog er die Depeschen des Admirals. Patrick, der Steward, wuselte derweil diensteifrig umher, wischte zwei Kristallgläser aus und goss wohlig duftenden Rotwein hinein.

Trollope prostete seinem Gegenüber zu und sagte: »Admiral Duncan schreibt, dass Sie unter Sir Sidney Smith und Philippe d'Auvergne gedient haben und dabei ein Talent für diskrete Operationen zeigten.« Henry ärgerte sich darüber, dass er spürte, wie er errötete. »Ich hatte gute Lehrmeister, Sir.« Trollope nickte und meinte: »Sie werden hier von dem Erlernten reichlich Gebrauch machen können. Ihre Aufgabe besteht darin, in die Zuidersee vorzudringen und die Vorbereitungen der Holländer zu beobachten. Sobald Sie davon ein halbwegs klares Bild haben, kommen Sie zurück und melden sich bei mir. *Black Joke* ist unser schnellster Segler und wird die Nachrichten dann an Admiral Duncan weiterleiten.« »Wir werden unser Bestes tun, Sir,« versicherte Henry.

Erneut hob Trollope sein Glas, stieß mit Henry an und antwortete: »Lassen Sie sich vor allem nicht erwischen. Wir sind knapp an Schiffen, auch wenn es nicht den Anschein hat. Mindestens die Hälfte des Nordseegeschwaders bräuchte zumindest einen Hafen, wenn nicht sogar eine Werft. Da können wir nicht einmal eine Kanonenbrigg entbehren.«

Henry verabschiedete sich und dachte, dass die letzte Ermahnung im Prinzip nur dem Schiff und seiner Mannschaft und nicht ihm persönlich galt, was nur folgerichtig war – an Land gab es jede Menge auf Halbsold gesetzte Leutnants und Kapitäne, die selbst die letzte Kohleschute als Kommando akzeptieren würden, nur um endlich wieder auf See zu kommen und sich auszeichnen zu können. Schiffe und gute Seeleute hingegen fehlten ständig. Nun, er würde alles dafür tun, sein Kommando zu behalten und die *Clinker* und seine Besatzung nicht unnütz zu gefährden.

Mit diesen optimistischen Gedanken kehrte Henry du Valle auf die *Clinker* zurück. Dort hatte Mr. Richards bereits alle vorhandenen Karten des Gebiets um Texel hervorgeholt. Außerdem besaß er ein kleines Buch mit seinen privaten Notizen. Beide Männer waren davon überzeugt, dass die Einfahrt ins Marsdiep streng bewacht war, auch wenn in den Karten nur um Helder, einem Hafen auf der Festlandsseite des Marsdiep, Befestigungen eingezeichnet waren. Dort hatte sich die holländische Flotte 1795 der französischen Armee ergeben, als sie im Eis eingefroren war und sich deshalb nicht in Sicherheit bringen konnte.

Henry du Valle deutete auf den Kanal zwischen Texel und der Sandbank Onrust. »Hätten wir hier eine Chance, durchzuschlüpfen?« Richards schüttelte den Kopf. »Nein Sir, dieser Kanal ist zu seicht. Ein holländischer Lotse erzählte mir einmal, dass er immer mehr versandet und sich eines Tages Onrust mit Texel verbinden wird.« Nachdenklich rieb sich Henry das Kinn. »Und wie sieht es im Norden von Texel aus?« Der Master tippte auf einen Punkt auf der Seekarte. »Zwischen Texel und Eyerland gibt es keine Durchfahrt, nur weiter nördlich zwischen Eyerland und

Vlieland. Das Engelschman Gat soll aber nicht sehr tief sein und ziemlich gewunden, weshalb es nur die einheimischen Fischer und Schmuggler benutzen.« »Das hört sich nicht sehr gut an, aber ich befürchte, dass es unsere einzige Möglichkeit ist, ungesehen in die Zuidersee zu kommen,« schloss Henry die Besprechung.

Trotz aller Bedenken fand sich keine bessere Möglichkeit, sich der holländischen Flotte heimlich zu nähern. Während der Beratung segelte die Kanonenbrigg noch als Teil von Captain Trollopes Geschwader in Kiellinie mit. Nun ließ Henry du Valle per Flaggensignal darum bitten, das Geschwader verlassen zu dürfen. Die *Russel* antwortete prompt: »Erlaubnis erteilt.« Kurz darauf erschien ein weiteres Flaggensignal: »Viel Glück!«

12

Die Kanonenbrigg *Clinker* segelte entlang der Küste von Texel. Dabei mussten immer wieder Kurskorrekturen vorgenommen werden, um Untiefen auszuweichen. Die Gezeiten sorgten dafür, dass die Sandbänke ständig wanderten, wuchsen oder verschwanden. Dank der langen Blockade durch die Royal Navy gab es an Bord der britischen Kriegsschiffe aber gute und vor allem aktuelle Karten der äußeren Küstengewässer. Sobald sie in die Zuidersee vorstießen, würde die Navigation bedeutend schwieriger sein.

Auf Texel folgte die kleine Insel Eyerland. Beide Inseln waren durch einen niedrigen Damm verbunden. Eyerland war rasch passiert. Zwischen Eyerland und Vlieland verlief das Engelschman Gat. Dabei handelte es sich um einen Kanal, den die Gezeitenströme in die seichten Gewässer zwischen den Inseln gespült hatten. Dieser Kanal, der nicht geradlinig verlief, war hier die einzige schiffbare Passage. Das Engelschman Gat mündete nahe der Südspitze von Vlieland in die Nordsee. Von dort verlief es in südwestlicher Richtung auf die Nordspitze von Eyerland zu. Die Ostküste von Eyerland wurde halb umrundet. Dann verlief das Gat in einiger Entfernung der kleinen Texeler Ortschaft Oost in Richtung des Texelstroms, in dem die batavische Flotte vor Oudeschild ankern sollte.

Mr. Richards entnahm die Angaben über das Fahrwasser seinem persönlichen Notizbuch, war sich jedoch nicht sicher, ob sie noch dem aktuellen Stand entsprachen. Zur Sicherheit entschloss sich Henry du Valle, nicht in das unsichere Fahrwasser zu segeln. Stattdessen nutze er die Gezeitenströmung kurz vor dem Tidenwechsel und ließ die

Riemen ausbringen, um im Notfall gegensteuern zu können. Zugleich fuhr Mr. Cooper, der Quartermaster, in der Gig voraus, um regelmäßige Lotungen vorzunehmen.

Henry du Valle stand mit Mr. Richards auf dem Achterdeck. Immer wieder schaute der Master durch sein Fernrohr, um die ihm bekannten Landmarken anzupeilen. Leise gab er den Rudergängern an der Pinne seine Anweisungen. In der einsetzenden Dämmerung nahm die Sicht immer weiter ab, so dass der Master schließlich sein Nachtglas zur Hand nahm. Die restliche Besatzung stand, die ausgebrachten Riemen in den Händen haltend, bereit, um bei großen Kurskorrekturen helfend eingreifen zu können. Aber bislang war das noch nicht nötig gewesen.

Langsam verschwand achteraus die Küste der Insel Vlieland, und die hellen Dünen von Eyerland leuchteten vor der Brigg im Mondlicht. »Sir, wir müssen gleich nach Backbord steuern«, sagte der Master. »Machen Sie weiter, Mr. Richards«, antwortete Henry du Valle. Mr. Richards gab den Männern an den Riemen ein Kommando und die *Clinker* drehte sich fast auf der Stelle auf den neuen Kurs. Nun wurde der Verlauf der Fahrtrinne immer unregelmäßiger. Mr. Copper zeigte mit einer Blendlaterne an, wie der Master steuern musste.

Ab und zu schrammte die *Clinker* dicht an Untiefen vorbei. Man hörte dann den Sand knirschend an der Bordwand entlang kratzen. Dem stabilen Rumpf der Kanonenbrigg konnte das nichts anhaben, dennoch meinte der Master zu Henry: »Mir wäre es wohler, wenn unser Schiff endlich eine ordentliche Kupferbeplankung hätte. Versprochen war uns die schon lange!« Schließlich peilte Eyerland querab und die *Clinker* nahm nun Kurs auf die Ostküste von Texel. In der Dunkelheit war von dem kleinen Dorf Oost nichts zu sehen. Lediglich die Küstenlinie war noch zu erahnen. Oost lag auf einer kleinen Halbinsel. Dahinter musste irgendwo der Texelstrom beginnen.

Inzwischen konnte sich die *Clinker* nicht mehr mit der Gezeitenströmung treiben lassen, so dass nun permanent gerudert werden musste. An der Küste von Texel wurden jetzt ferne Wachfeuer sichtbar. Leider war in der Dunkelheit nicht erkennbar, ob sich dort Küstenbatterien befanden. Henry du Valle würde sich der Küste im Morgengrauen nähern müssen, um mehr zu erfahren. Natürlich würde eine Brigg dabei zu viel Aufsehen erregen. Er würde also in ein Beiboot umsteigen müssen.

»Wir haben den Texelstrom erreicht, Sir«, meldete Mr. Richards. »Danke, Mr. Richards. Kennen Sie eine Stelle wo wir den Tag verbringen können, ohne viel Aufsehen zu erregen?« »Ja Sir, es gibt in der Nähe eine Sandbank, hinter der wir beidrehen könnten. Dort liegt ein Wrack, das uns gute Deckung bieten kann.«

Im Mondschein fiel es Mr. Richards leicht, die genannte Sandbank zu finden. Eigentlich stellte sie keine Gefahr dar, weil der Meeresboden nur sanft anstieg, doch vor einigen Jahren war sie einem Walfänger in einem Herbststurm zum Verhängnis geworden. Die wertvolle Fracht hatte man zwar ohne Verluste bergen können, doch für das Schiff gab es keine Rettung mehr. Wetter und Sand hatten das Wrack im Laufe der Jahre immer mehr ausbleichen lassen, so dass es im Mondlicht wie ein silbernes Geisterschiff wirkte, als sich die *Clinker* langsam näherte. Hinter dem

Wrack ging die *Clinker* vor Anker. Hier war sie vor dem normalen Schiffsverkehr verborgen und konnte nur durch einen unglücklichen Zufall entdeckt werden.

Henry du Valle bat Mr. Cobham und den Master zu sich. »Gentlemen, ich beabsichtige, noch in dieser Nacht die Küste von Texel mit der Jolle anzusteuern. Sie bleiben hier bis zum Abend vor Anker liegen. Sollte ich bis dahin nicht zurückgekehrt sein, verlassen Sie die Zuidersee auf dem Weg, auf dem wir gekommen sind und melden sich bei Captain Trollope.« »Sollen wir Sie nicht suchen, Sir?« fragte Mr. Cobham. »Nein, Sie würden damit nur die *Clinker* riskieren. Sollten sie mich erwischen, werden die Holländer ohnehin alarmiert sein.« Henry erinnerte sich an seine Gedanken nach dem Verlassen von Trollopes Schiff und fügte noch an: »Und Kommandanten sind leichter zu ersetzen als Schiffe.«

Henry du Valle ließ die Jolle mit einigen Vorräten beladen. Vom Bootsmann hatte er extra ein altes Segel für den kleinen Mast bereitstellen lassen, um wie ein armer Fischer zu wirken. Begleitet wurde er nur von seinem Bootssteurer Charlie Starr und vier Ruderern, die sich freiwillig gemeldet hatten. Nachdem sie von der *Clinker* losgemacht und die Sandbank umrundet hatten, sahen sie das Wrack noch lange im Mondenschein leuchten. Als der Mond unterging, war um sie herum nur noch Dunkelheit.

13

Die Dunkelheit währte nicht mehr lange, denn im Osten kündigte sich bald der neue Tag durch einen schmalen Lichtstreif an, der immer breiter wurde. Die Jolle nutzte die morgendliche Brise, um sich der Ostküste von Texel zu nähern. Beim Erreichen des Texelstroms hatte Henry du Valle am vergangenen Abend Wachfeuer gesehen, die inzwischen erloschen waren. Nach der Meinung des Masters mussten sie sich in der Umgebung von Oudeschild befunden haben.

Oudeschild war ein kleiner Hafen, der den holländischen Ostindienfahrern schon seit langer Zeit als Lotsenstation und zum Bunkern von Wasser diente. Ganz in der Nähe befand sich das alte Fort de Schans, das bereits Wilhelm von Oranien während des Unabhängigkeitskrieges gegen Spanien gebaut hatte, um die Reede von Texel zu schützen.

Henry rechnete damit, dass es neben dem Fort de Schans noch weitere Befestigungen geben würde, um die batavische Flotte vor bösen Überraschungen zu schützen. Deshalb ließ er die Jolle etwas nordwärts segeln, um nicht zu nah bei Oudeschild an Land zu gehen. Tatsächlich fand sich gut zwei Kilometer von der Ortschaft entfernt ein Entwässerungsgraben, der in die Zuidersee mündete. Eigentlich hatte er gehofft, durch solch einen Graben mit der Jolle tiefer ins Inselinnere vorstoßen zu können, doch bereits zwanzig Meter hinter der Mündung stoppte sie ein altes Schleusentor.

Da weit und breit keine Spuren zu finden waren, schien sich schon lange niemand mehr hierher verirrt zu haben. Henry du Valle beschloss, die Jolle hier zurückzulassen.

»Mr. Starr, Sie warten hier mit den Männern, während ich mich ein wenig im Ort umschaue. Legen Sie den Mast um, dann sollten Sie hier sicher sein.«

Henry du Valle kletterte auf das Schleusentor und folgte dann dem Entwässerungskanal landeinwärts. Es versprach, ein sehr schöner Spätsommertag zu werden. Der Entwässerungskanal führte durch eine flache Gegend mit Viehweiden. Auf der anderen Seite des Kanals grasten einige Kühe, dahinter war eine sumpfige Wiese zu erkennen. Henry fand einen Sauerampfer und riss ein Blatt ab. Schon als Kind hatte er diesen säuerlichen Geschmack geliebt, der hier noch eine leicht salzige Note hatte.

Nach einer Viertelstunde erreichte er einen Weg. Das musste die Straße von Oudeschild nach De Burgh sein. Henry du Valle bog in Richtung Oudeschild ein. Inzwischen war die Sonne aufgegangen, stand aber noch dicht über der Zuidersee. Wegen der frühen Stunde war die Straße noch unbelebt. Das würde sich aber bald ändern. Sobald Oudeschild in Sicht kam, verließ er deshalb die Straße in Richtung des Deichs.

Von der Deichkrone hatte er einen freien Blick auf die Reede von Texel, die gut gefüllt war. Handelsschiffe aller Größen und Bauarten warteten hier auf günstigen Wind, der die Briten von der Küste vertreiben würde. Hinter dem Ort sah Henry du Valle das Fort de Schans und vor ihm die Flotte der Batavischen Republik. Er zählte fünfzehn kleine Linienschiffe, alles nur Zweidecker. Die größten Linienschiffe waren Schiffe mit vierundsiebzig Kanonen. Das wirkte auf den ersten Blick recht bescheiden, doch in den seichten Gewässern der holländischen Küste boten solche Schiffe deutliche Vorteile. Nicht umsonst hatte auch Admiral Duncan auf das ihm zustehende Linienschiff ersten oder zweiten Ranges[29] verzichtet.

Neben den Linienschiffen entdeckte Henry noch zwei schwere Fregatten, eine davon schien ein Razee[30] zu sein, und eine ganze Reihe kleinerer Schiffe. Alle Schiffe hatten ihre Rahen abgeschlagen, würden also in der nächsten Zeit die Reede nicht verlassen. Jetzt erkannte Henry du Valle auch, dass es sich bei den in der Nacht gesichteten Feuern um Biwakfeuer handelte, denn zwischen dem Fort und Oudeschild befand sich ein großes Feldlager. Offenbar waren die als Invasionstruppen vorgesehenen Einheiten wieder ausgeschifft worden. Henry du Valle hatte ja von Admiral Duncan erfahren, dass die batavische Flotte die Franzosen bei einer Invasion Irlands unterstützen sollte.

Plötzlich wurde Henry du Valle angerufen. Er drehte sich um und sah sich einem Offizier mit fünf Infanteristen gegenüber. Der Offizier, ein junger Leutnant, sprach ihn erneut an, doch Henry verstand kein Wort. Auf Französisch antwortete er: »Entschuldigen Sie Monsieur, aber ich spreche Ihre Sprache nicht.« Die in fließendem Französisch vorgetragene Antwort schien den Leutnant zu beruhigen. In freundlichem Tonfall antwortete er nun ebenfalls

---

[29] Die Royal Navy unterschied damals zwischen rated ships und unrated vessels. Die rated ships waren in sechs Rangklassen unterteilt und wurden von einem Captain kommandiert. Bei den unrated vessels handelte es sich um kleinere Kriegsschiffe unter dem Befehl eines Commanders oder Leutnants.
[30] Ehemalige Linienschiffe, deren obere Decks entfernt und die als schwere Fregatten verwendet wurden.

Französisch: »Guten Tag Monsieur, ich fragte, was Sie hier tun.« Auf Henry du Valles Heimatinsel Guernsey war Französisch neben dem normannischen Dialekt die Alltagssprache und selbst ein waschechter Pariser hätte ihn für einen Franzosen gehalten. »Oh, ich vertrete mir die Beine«, sagte er nun zu dem Leutnant, »Seit Wochen warten wir hier auf eine Gelegenheit, nach Frankreich zurückzukehren, aber diese verdammten Briten haben etwas dagegen.« Der Offizier nickte mit grimmigem Gesichtsausdruck und fragte dann: »Können Sie sich ausweisen, von welchem Schiff kommen Sie denn überhaupt?« »Ich bin Capitain du Valle von der Brigg *La Fleure* aus Saint Malo. Meine Papiere habe ich leider an Bord gelassen, aber ich kann Sie ihnen nachher vorbeibringen, Monsieur.« Der Leutnant schüttelte energisch den Kopf: »Ich fürchte, dass ich nicht so lange warten kann.« Henry machte ein betrübtes Gesicht. Dann sagte er: »Ich werde meiner Besatzung ein Zeichen geben und mir die Dokumente bringen lassen. Ich wäre Ihnen sehr verbunden, wenn Sie so lange warten könnten.«

Der Leutnant befand sich in einem Zwiespalt zwischen Pflichterfüllung und dem Bemühen, einen Verbündeten nicht zu verprellen, zumal dieser sehr höflich auftrat – ganz anders als diese französischen Verbindungsoffiziere, denen er bisher begegnet war. Schließlich sagte er: »Capitain, wir müssen die Formalitäten beachten, was Sie sicherlich verstehen. Leider werde ich selbst im Lager zurückerwartet, doch ich werde meinen Korporal bei Ihnen lassen. Dem können Sie Ihre Papiere zeigen.« Der Leutnant verabschiedete sich mit einer höflichen Verbeugung, die von Henry du Valle erwidert wurde und setzte seinen Weg mit vier Soldaten fort. Der Korporal blieb bei Henry du Valle stehen.

Henry du Valle winkte in Richtung der vor Anker liegenden Handelsschiffe. Wie der Zufall es wollte, legte von einem der Schiffe tatsächlich ein Boot ab. »Na endlich, das wurde ja auch Zeit«, sagte Henry du Valle scheinbar zu sich selbst, aber natürlich für die Ohren des Korporals bestimmt. Henry wusste nicht, ob der Korporal ihn verstand, denn bisher hatte er sich vollkommen schweigsam verhalten. Auch jetzt ließ er nur ein zustimmendes Grunzen hören.

Das Boot nahm Kurs auf den Hafen von Oudeschild. Der Korporal wurde unruhig. Henry du Valle begann, wild mit den Armen zu rudern und rief: »Hierher, ihr verdammten Narren, kommt hierher!« Der Korporal legte sein Gewehr ab und winkte ebenfalls. Fast tat Henry du Valle der offensichtlich nette Kerl leid, doch hier ging es ums nackte Überleben. Wie zufällig trat er hinter den Korporal und gab ihm einen kräftigen Schubs, so dass er Purzelbäume schlagend den Deich hinunterrollte. Er landete auf einem Kiesbett, das hier das Ufer bildete. Henry entfernte rasch den Feuerstein aus der Muskete des Korporals und rannte dann in Richtung der versteckten Jolle.

14

Henry du Valle hatte Glück. Ehe sich der Korporal wieder aufgerappelt und den Deich erstiegen hatte, betrug sein Vorsprung mehr als eine Kabellänge. Der Korporal versuchte, seine Muskete abzufeuern, wohl eher um alle Patrouillen in der Umgebung zu alarmieren, als den vor ihm Fliehenden zu treffen, doch die Muskete streikte. Bis der Korporal den Fehler entdeckt und einen neuen Feuerstein eingesetzt hatte, betrug Henrys Vorsprung zwei Kabellängen.

Wie die meisten Seeleute war auch Henry du Valle nicht im Ausdauerlauf geübt, aber immerhin kam ihm seine Jugend entgegen. Trotzdem dauerte es nicht lange, bis ihm die Luft knapp wurde und er Seitenstechen bekam. In der Ferne war bereits das Schleusentor zu sehen, bei dem er die Jolle zurückgelassen hatte. Er drehte sich um und sah weit hinter sich den Korporal laufen, der inzwischen seine Muskete abgefeuert hatte. Aus der Richtung des Feldlagers kamen ihm Reiter zu Hilfe.

Für fast eine Minute, die ihm aber deutlich länger vorkam, konnte Henry nur noch im Schritt gehen. Langsam bekam er wieder Luft und auch das Seitenstechen hörte auf. Sofort verfiel er wieder in einen leichten Trab. Noch war das Schleusentor gut zwei Kabellängen entfernt. Die Reiter hatten inzwischen den Korporal erreicht und nahmen die Verfolgung auf.

Henry du Valle hatte das Schleusentor fast erreicht, doch hinter sich hörte er die Pferde schnaufen und ihre Reiter laut rufen. Er hörte Schüsse und verkrampfte sich in Erwartung der ihn treffenden Kugeln. Doch dann sah er, dass seine Männer geschossen hatten. Die Reiter rissen ihre Pferde zurück. Einer von ihnen war offenbar getroffen worden. Mit letzter Kraft ging Henry bei seinen Männern in Deckung. Die Reiter hatten sich etwas zurückgezogen.

»Wir müssen hier weg, Mr. Starr«, sagte Henry du Valle keuchend. »Aye, Sir«, antwortete der Bootssteurer. Zum Glück hatten die Männer die Wartezeit genutzt, um die Jolle zu wenden. So konnten alle an Bord der Jolle gehen und sofort ablegen. Die Männer legten sich in die Riemen, während Charlie Starr den kleinen Mast aufrichtete. Henry hatte die Ruderpinne übernommen.

Inzwischen hatten sich die Reiter an das Schleusentor herangewagt. Sie saßen ab und nahmen die Jolle mit ihren kurzläufigen Gewehren unter Feuer. Glücklicherweise gingen alle Schüsse fehl. Charlie Starr zog eine schwere Blunderbüchse unter der Ducht hervor und beschoss die Soldaten mit gehacktem Blei. Auch er traf nicht, doch die Kavalleristen zogen sich mit ihren Pferden hinter den Deich zurück.

Nachdem diese Gefahr gebannt war, setzte Charlie Starr das Segel und die Männer konnten ihre Riemen einziehen. Vor dem Wind segelnd nahm Henry du Valle nun Kurs auf das Versteck der *Clinker*. »Sir, wir werden verfolgt«, meldete der Buggast und zeigte mit dem ausgestreckten Arm nach Steuerbord. Henry schaute in die angegebene Richtung und sah in rund einer Seemeile Entfernung einen Kutter unter Vollzeug heranstürmen. Gegen dieses Vollblut war ihre Jolle hinsichtlich der Segeleigenschaften bestenfalls ein Pony. Die einzige Chance, die Henry du Valle in dieser Situation für sich und seine Männer sah, war eine Flucht in seichte Gewässer.

Er übergab die Ruderpinne an Charlie Starr und warf einen Blick in die Seekarte, die ihm der Master mitgegeben hatte. Um das nächstgelegene Gebiet, das in Frage kam, zu erreichen, mussten sie den Kurs ändern. Damit würde sich zugleich die Entfernung zu dem Kutter verringern. »Steuern Sie zwei Strich nach Steuerbord, Mr. Starr«, befahl er. Der Bootssteurer legte die Pinne leicht um, während Henry das Segel trimmte. Der Kutter war jetzt nur noch fünf Kabellängen entfernt und er kam rasch näher.

Plötzlich wurde der Kutter von weißem Rauch umhüllt, dem das Krachen einer Breitseite folgte. Die Kugeln verfehlten die Jolle nur knapp. Henry du Valle befahl seinem Bootssteurer, kurz nach Backbord auszuweichen. Nur wenige Augenblicke später ging er wieder auf den alten Kurs. Der Kutter feuerte in der Zwischenzeit erneut und seine Kugeln trafen dort, wo sich die Jolle ohne Kurskorrektur befunden hätte.

Schließlich erreichte die Jolle die Untiefe und Henry du Valle sah den Kutter beidrehen. Für den Moment schienen sie in Sicherheit zu sein. Nach einem weiteren Blick auf die Seekarte befahl Henry, noch weiter nach Steuerbord abzufallen, weil sie so am ehesten außer Sichtweite des Kutters kämen. Ein Blick zurück zeigte Henry du Valle, dass der Kutter seinen Kurs geändert hatte und nun offensichtlich das Engelschman Gat ansteuerte. Vermutlich sagte sich sein Kommandant, dass die Jolle auf diesem Wege aus der Zuidersee entkommen wollte. Er musste also nur an einer geeigneten Stelle auf das Boot warten.

Einer der Matrosen hatte den Mast erklommen, um einen verklemmten Block zu klarieren. Plötzlich rief er: »Sir, der Kutter hat ein Beiboot ausgesetzt.« In diesem Moment richtete das holländische Boot seinen Segelmast auf und war auch von Bord der Jolle aus zu sehen. Henry verstand. Während sich der Kutter auf die Lauer legte, sollte ihm das Beiboot das Wild zutreiben.

Sobald der Kutter nicht mehr zu sehen war, ging die Jolle auf direkten Kurs zum Versteck der *Clinker*. Dabei waren sie zweimal zu Kurskorrekturen wegen besonders seichter Stellen gezwungen. Das sie verfolgende Boot machte alle Kurskorrekturen mit und blieb beständig eine halbe Seemeile zurück.

»Sir, ich sehe die Masten des Walfängers direkt vor uns«, meldete der Buggast. Sie hatten es also fast geschafft. Da die Umgebung der Sandbank und des Wracks bis auf die Fahrrinne extrem seicht war, ließ Henry du Valle nach Backbord ausweichen, bis die Fahrrinne erreicht war. Dann folgte die Jolle der Fahrrinne, die um die Sandbank herum bis hinter das Wrack führte. Dort wurden sie von einer gefechtsbereiten *Clinker* erwartet, wie Henry zufrieden feststellte. Der Master hatte das befohlen, als die Jolle und ihr Verfolger in Sicht kamen.

Henry und seine Begleiter gingen rasch an Bord. Der Ausguck meldete, dass sich das holländische Boot sehr langsam näherte. Offenbar befürchteten die Holländer einen Hinterhalt. Henry du Valle ließ die Karronaden der Backbordbatterie ausfahren. Dann war an Bord alles still. Plötzlich hörte Henry du Valle leichten Ruderschlag, der sich langsam näherte. Im nächsten Moment sah er ein langgestrecktes flaches Boot hinter dem Heck des Walfängers auftauchen. Zwei Männer hockten am Bug, beide mit schussbereiten Gewehren in den Händen. Henry spürte förmlich ihr Erschrecken, als sie unverhofft in die offenen Mündungen seiner Karronaden starrten. Fast ungläubig legten sie ihre Waffen nieder und hoben die Hände.

15

Die Gefangenen wurden an Bord genommen. Ihr Boot war eher ein Kahn mit einem ebenen Boden. Damit konnte man sicherlich selbst über eine feuchte Wiese rutschen. Am Heck hatte der Kahn einen kleinen Verschlag. Henry du Valle befahl, den Kahn genau zu untersuchen und ging dann unter Deck in seine Kajüte. Nach dieser Nacht und diesem Morgen war er rechtschaffend müde und er spielte für einen Augenblick mit dem Gedanken, sich in seine Schwingkoje zu legen, aber dann siegte sein Pflichtgefühl und er begann, seinen Bericht zu schreiben.

Zunächst schilderte er alle Ereignisse, seitdem sie Captain Trollopes Geschwader verlassen hatten, bis hin zur Gefangennahme der Holländer. Anschließend fasste er zusammen, welche Schiffe er auf der Reede vor Oudeschild gesehen hatte und gab seine Schätzung zur Stärke der im Biwak lagernden Truppen ab. Er war gerade fertig, als der Posten vor seiner Kajüte Mr. Cobham meldete. Der Midshipman trat ein und berichtete: »Sir, wir haben nur Signallampen, einige Lebensmittel und einen Zettel gefunden.« »Und was hat es mit diesem Zettel auf sich?« Cobham gab ihm ein leicht zerknülltes Stück Papier und sagte: »Er enthält einige Daten und dazu jeweils Skizzen zur Position der Signallampen.« »Sehr gut, Mr. Cobham. Machen Sie weiter!« verabschiedete Henry seinen jungen Kadetten. Dann nahm er den Zettel in die Hand. War es das, was er vermutete? Die einzelnen Worte konnte er nicht lesen, denn sie waren in Niederländisch verfasst, doch die Daten sagten ihm etwas. Es handelte sich um die Erkennungssignale der batavischen Marine für diesen sowie die nächsten beiden Tage. Der Kommandant des Kutters hatte sich also auf eine längere Jagd eingestellt und seinem »Treiber« für alle Fälle die aktuellen Erkennungssignale mitgegeben, damit dieser Freund von Feind unterscheiden konnte. Vielleicht glaubte der Kommandant ja nicht daran, dass die feindliche Jolle allein in die Zuidersee vorgestoßen war.

Seit Beginn der Verfolgung durch den Kutter war Henry du Valle klar gewesen, dass ein Verlassen der Zuidersee durch das Engelschman Gat nicht mehr in Frage kam, doch nun stellte sich die Angelegenheit ganz anders dar. Der Kutter lag zwar irgendwo auf der Lauer, doch mit Hilfe der Erkennungssignale wäre eine Annäherung bei Dunkelheit fast ohne Risiko. Die Kanonen des Kutters hatten zwar eine höhere Schussweite, aber wenn er sich bis auf Reichweite seiner Karronaden annähern konnte, wäre der Holländer gegen die Feuerkraft der *Clinker* ohne Chance.

Henry du Valle rief Mr. Richards und Mr. Cobham zu sich und erläuterte ihnen seinen Plan. Da er nicht genau wusste, wo der Kutter sie erwartete, wollte er erst in der Abenddämmerung aufbrechen. So war sichergestellt, dass der Kutter bei ihrer Annäherung nur die Signallampen sehen konnte. Nachdem alle wichtigen Punkte besprochen waren, entließ er die beiden Männer und beschloss, sich bis zum Abend etwas auszuruhen.

Eine halbe Stunde vor dem Aufbruch wurde Henry von Jeeves, seinem Steward, geweckt. Nachdem er sich gewaschen und rasiert hatte, ging er an Deck. Die *Clinker* lichtete ihren Anker und verließ die Sandbank, immer der Fahrrinne folgend. Sobald der Texelstrom erreicht war, ließ Henry Kurs in Richtung Engelschman Gat nehmen.

Im Topp des Fockmastes wurden die beiden für diesen Tag gültigen Signallampen gehisst und die *Clinker* wurde gefechtsbereit gemacht.

Da bis zur Einfahrt ins Engelschman Gat noch Zeit war, ging Henry du Valle wieder unter Deck und ließ sich sein Dinner servieren. Er war sehr hungrig, denn es war für die übliche Essenszeit schon sehr spät. So aß er einen gebratenen Hecht, der am Morgen von einem Matrosen gefangen worden war, mit großem Appetit und trank dazu gekühlten Rheinwein. Im Hinblick auf die bevorstehenden Ereignisse verzichtete er auf ein Dessert.

Er hatte sich gerade satt und zufrieden zurückgelehnt, als der Posten Mr. Cobham meldete. »Sir, wir erreichen das Engelschman Gat,« berichtete dieser. »Danke, Mr. Cobham, ich komme an Deck.« Auf dem Achterdeck wurde Henry du Valle vom Master erwartet. Mr. Richards hatte seine Notizen bei der ersten Durchfahrt des Engelschman Gats erheblich erweitert und war deshalb sicher, den Rückweg ins offene Meer problemlos zu finden. Tatsächlich ging die Fahrt diesmal ohne leichte Grundberührungen voran.

Kurz vor Eyerland stand eine Kursänderung nach Steuerbord an. Während der Master die schemenhaft sichtbaren Landmarken anpeilte, meldete der Ausguck auf dem Fockmast: »An Deck, Lichter voraus.« Henry nahm sein Nachtglas und lief nach vorn. Tatsächlich, ungefähr zwei Kabellängen entfernt leuchteten ein rotes und ein grünes Licht übereinander. Das war das aktuelle Signal, das sie ebenfalls gesetzt hatten.

Henry du Valle ließ die Backbordbatterie ganz leise ausfahren. In der Ferne hörte er Stimmen. Offensichtlich hatte man sie bemerkt, schien aber unbesorgt zu sein. Dann wurden sie angerufen. Der Rufer sprach Niederländisch, was Henry nicht verstand. Anhand der Peilung der Stimme und der Laternen im Topp erkannte Henry du Valle, dass sie sich fast querab vom Kutter befanden, der sich in einer ihm und dem Master bisher unbekannten Ausbuchtung des Fahrwassers befand.

Jetzt oder nie, dachte sich Henry du Valle. Er kniff die Augen zu und rief laut: »Backbordbatterie – Feuer!« Mit einem lauten Donnerhall entluden sich die fünf Achtzehnpfünder-Karronaden. Der gleichzeitige Lichtblitz blendete Henry trotz der halb geschlossenen Augen, so dass seine Nachtsicht für den Augenblick ruiniert war. Vom Kutter her ertönten laute Schmerzensschreie. »Sofort nachladen und feuern!« rief er. Karronaden waren für ihr großes Kaliber nicht nur viel leichter als herkömmliche Kanonen, sie waren im Gegensatz zu diesen auch nicht auf schweren Holzlafetten gelagert, sondern auf einer schlittenähnlichen Pivotlafette, was ihre Bedienung erheblich erleichterte.

Obwohl jetzt jedes Geschütz einzeln feuern durfte, waren die Männer inzwischen so gut ausgebildet, dass alle fünf Karronaden ihren zweiten Schuss fast gleichzeitig abfeuerten. Herny du Valle hatte die Augen diesmal offen behalten und so sah er die schreckliche Wirkung der Karronaden auf dem Deck des Kutters. Teile des Schanzkleides waren weggerissen, Kanonen umgeworfen. Auf dem Deck lagen tote und verwundete Seeleute. Es war an der Zeit, dieses Schlachten zu beenden. »Feuer einstellen! Mr. Richards gehen Sie längsseits. Entermannschaft bereithalten«, befahl er. Charlie Starr, der neben seinem Kommandanten stand, reichte ihm seinen Entersäbel.

Elegant, fast wie auf der Reede von Spithead, steuerte Mr. Richards die *Clinker* an den Kutter heran. Mit Wurfdraggen wurden die beiden Schiffe verbunden. Henry du Valle sprang, gefolgt von seinem Bootssteurer, an Bord des Kutters. Die beiden Breitseiten hatten jeglichen Widerstand gebrochen. Nur ein Bootsmannsmaat, der sich während des Gefechts in der Takelage aufgehalten hatte, schien unverletzt zu sein. »Sind Offiziere an Bord?« fragte Henry du Valle. Der Bootsmannsmaat antwortete auf Englisch, aber mit sehr starkem Akzent: »Nein Sir, die erste Breitseite hat vermutlich die gesamte Schiffsführung ganz einfach weggefegt.« Offensichtlich war er noch immer von der für ein kleines Schiff beeindruckenden Feuerkraft schockiert.

»Mr. Jenkins, kümmern Sie sich um die Verwundeten«, befahl Henry du Valle. Der Schiffsarzt der *Clinker* kam an Bord des Kutters und begann seine Arbeit. Inzwischen war Sergeant Smithers mit seinen Soldaten unter Deck gegangen und trieb nun die Gefangenen nach oben. Die Besatzung eines Kutters war in der Regel ungefähr so stark wie die der *Clinker*. Von rund fünfzig Mann waren ganze zehn unverletzt geblieben, weil sie sich unter Deck oder in der Takelage befunden hatten. Dazu kamen noch einmal zehn Verwundete. Der Rest war tot oder einfach nur verschwunden, von Kanonenkugeln und herumfliegenden Holzsplittern zerrissen oder einfach nur von Deck gefegt.

Henry du Valle hatte nicht sein erstes Gefecht erlebt und er hatte auch schon viele Opfer gesehen, doch dies hier war eine fast schon schrecklich einseitige Sache gewesen, so dass die Betroffenheit über die Anzahl der Opfer im Moment die Freude über die erste Prise überschattete. Das hier war die hässliche Seite des Krieges, über die man nie etwas in der Gazette[31] las.

Glücklicherweise hatte sich der Schiffsarzt des Kutters unter Deck befunden, so dass er unverletzt war und sich gemeinsam mit Mr. Jenkins um die Verwundeten kümmern konnte. Sobald die Verwundeten halbwegs versorgt waren, kam Mr. Jenkins zum Kommandanten. Er berichtete: »Sir, ich habe drei sehr schwere Fälle, die unbedingt Ruhe brauchen. Man sollte sie an Land schaffen, denn an Bord eines Schiffes haben sie keine Chance.« Henry du Valle nickte zustimmend, war aber halb in Gedanken. In seinem Hinterkopf begann ein Plan Gestalt anzunehmen. Das Problem dabei stellten die Gefangenen dar. Der Bericht von Mr. Jenkins gab den endgültigen Anstoß. Die Gefangenen mussten von Bord.

Ungefähr eine Seemeile achteraus befand sich der kleine Ort Oost auf Texel. Dorthin sollten es die Gefangenen mit den Verwundeten schaffen. Dort würde man sie gut versorgen und Henry du Valle wäre sie los. Verwundete und Gefangene wurden auf den erbeuteten Kahn und einen zweiten Kahn, der neben dem Kutter lag, verteilt. Dem jungen, ängstlich, aber intelligent dreinschauenden

---

[31] The London Gazette ist die älteste noch existierende Zeitung der Welt. Durch ihre regierungsamtlichen Meldungen, zu denen auch Beförderungen, Flottenberichte und Mitteilungen der Prisenagenten zählten, war sie in Marinekreisen sehr beliebt.

Bootsmannsmaat der Holländer gab man die Peilung der Ortschaft Oost und entließ sie schließlich in die Nacht.

Dann rief Henry du Valle den Master und Mr. Cobham in seine Kajüte, wo er sie mit seinem neuesten Plan vertraut machte. Mr. Cobham sollte den Kutter mit Hilfe des Quartermasters zu Captain Trollopes Geschwader bringen und dort Henry du Valles Bericht und das an Bord des Kutters gefundene vollständige Codebuch der batavischen Marine übergeben. Henry genügte für seine Zwecke der kleine Zettel mit dem Code der nächsten beiden Tage.

Während der Kutter die Zuidersee durch das Engelschman Gat verlassen sollte, würde die *Clinker* in den Texelstrom zurückkehren und versuchen, weitere Prisen zu erbeuten. Dafür blieb aber nur wenig Zeit, denn die Kutterbesatzung würde den Verlust des Kutters und vermutlich auch des Codebuchs so schnell wie möglich nach Oudeschild melden. Dann wäre man dort alarmiert und der ganze Plan zum Scheitern verurteilt.

Es war also keine Zeit zu verlieren, so dass Henry du Valle nicht die Erledigung der wichtigsten Reparaturen auf dem Kutter abwartete, sondern direkt nach der Besprechung und der Zusammenstellung der Prisenbesatzung mit der *Clinker* aufbrach.

Dabei war absolute Ruhe an Bord das oberste Gebot, und auch die nun verräterischen Lampen waren gelöscht worden. So sollte auf jeden Fall vermieden werden, dass die freigelassenen Holländer die Rückkehr der Kanonenbrigg in den Texelstrom bemerkten. Die Wahrscheinlichkeit dafür war zwar gering, weil die Fahrrinne hier weit vor der Küste Texels verlief, doch manchmal waren es ja kleine unbedachte Zufälle, die einen Plan scheitern ließen. Zur Sicherheit beobachtete Henry du Valle das Gewässer an Steuerbord mit dem Nachtglas, doch die beiden Kähne konnte er in der Finsternis der fast mondlosen Nacht nicht entdecken.

16

Die Kanonenbrigg *Clinker* segelte auf Südkurs entlang der Küste von Texel. Kurz nach Mitternacht sichtete der Ausguck die Biwakfeuer bei Oudeschild und wenig später auch die Positionslichter der Ankerlieger. Henry du Valle ließ die *Clinker* ein wenig nach Osten abfallen, um auf keinen Fall bemerkt zu werden.

Auf der Reede von Texel gab es keine Prisen zu holen, da sie durch die batavische Flotte und Fort de Schans geschützt wurden. Im Marsdiep rechnete er sich bessere Chancen aus. Dabei war die Zeit der wichtigste Faktor in Henrys Planung. Einerseits musste er möglichen Alarmierungen durch die Kutterbesatzung immer voraus sein und andererseits stets die Gezeiten im Auge behalten, denn bei den bestehenden Windverhältnissen konnte er nur mit Hilfe der Gezeitenströmung rasch die offene See erreichen.

Eine Stunde war vergangen, als die *Clinker* das Marsdiep erreichte. Die Küste Texels öffnete sich hier zu einer schmalen Bucht, die bei Kauffahrern als Winterhafen beliebt war. Jetzt war die Bucht natürlich leer, aber vor ihr lagen einige Handelsschiffe vor Anker. Die meisten dieser Schiffe machten hier vor der Weiterfahrt nach Amsterdam Station. Da sich sowohl auf Texel als auch auf dem gegenüberliegenden Festland bei Helder Küstenbatterien befanden, musste die Eroberung einer Prise möglichst ruhig und unauffällig vonstattengehen. Sie hatten also nur einen Versuch und es galt, die Prise sorgfältig auszuwählen.

Immer wieder musterte Henry du Valle durch sein Nachtglas die vor Anker liegenden Schiffe. Es schien ganz so, als ob auf keinem eine Ankerwache an Deck war. Stattdessen brannte am Ufer ein großes Feuer, an dem es hoch herging. Der Schall trug immer wieder Gesprächsfetzen und Gesang über das Wasser. Henry ließ die *Clinker* weiter vom Ufer abhalten, so dass ihre hellen Segel nicht vom Ufer aus sichtbar waren. Allerdings waren aus dieser Entfernung auch die Ankerlieger nur noch als Schatten vor dem erhellten Ufer sichtbar.

»Mr. Richards«, sagte Henry du Valle, »ich werde mit der Entermannschaft von Bord gehen. Sie warten auf mein Signal, eine rote Laterne. Sobald Sie das Signal sehen, setzen Sie das heutige holländische Erkennungszeichen für die Nacht und steuern in Richtung Nordsee. Ich werde Ihnen mit der Prise folgen – so Gott will.« Mit etwas sorgenvollem Gesicht wünschte ihm der Master viel Glück.

Diesmal nahm Henry den Kutter, der eine ausreichend starke Entermannschaft aufnehmen konnte. Charlie Starr saß bereits an der Ruderpinne, als sein Herr und Meister in den Kutter kletterte. Er nahm neben ihm Platz und ließ ablegen. Um möglichst leise zu sein, wurden nicht alle Riemen benutzt. Nur die besten Ruderer trieben den Kutter mit äußerster Vorsicht voran.

Henry du Valle nahm sein Nachtglas und versuchte, möglichst viele Einzelheiten der Ankerlieger zu erkennen. Einige der Schiffe wiesen Schäden in der Takelage auf. Vermutlich waren sie erst vor einigen Tagen, als ein heftiges Gewitter über der Nordsee tobte, in die schützende Zuidersee eingelaufen. Sie lagen tief im Wasser, was auf eine große Ladung schließen ließ. Kamen sie aus einer der ost- oder westindischen[32] Kolonien?

Henry beschloss, sich das Schiff vorzunehmen, das am weitesten südlich lag. Wenn man die Besatzung möglichst leise überwältigen konnte, würde niemand bemerken, dass es in der Dunkelheit verschwand. Das Schiff war ein Dreimaster mit zwei Kanonendecks. Man konnte es also durchaus mit einem Linienschiff verwechseln. Das diente der Abwehr von Piraten und feindlichen Kaperschiffen, für die es keine lohnendere Beute gab, als einen Ost- oder Westindienfahrer. Allerdings verbargen sich hinter den Geschützpforten selten ebenso viele Kanonen und selbst für die Bedienung der vorhandenen Kanonen waren die Besatzungen in der Regel zu klein.

Der Kutter näherte sich dem Dreimaster mit äußerster Vorsicht. Zunächst setzte Henry du Valle einige Männer unter Führung von Sergeant Smithers an der Heckgalerie ab. Dann wurde der Kutter zum Bug gerudert. Henry du Valle stellte dabei fest, dass etliche Geschützluken geöffnet waren, wohl um die Decks zu lüften.

Durch eine der offenen Luken drang Henry du Valle mit seinen Männern ein. Das Deck war menschenleer. Zwar standen an jeder zweiten Luke Kanonen, doch in erster Linie diente dieses Deck als zusätzlicher Laderaum, wie die vielen aufgestapelten Säcke bewiesen. Die Stapel waren mit Tauen gesichert, um ein Verrutschen der Ladung zu

---

[32] Als Westindien bezeichnete man damals die Karibik, während Ostindien im damaligen Verständnis die Gebiete zwischen Pakistan, dem heutigen Indien und bis nach Südostasien umfasste

verhindern. Die Säcke strömten den Duft des Orients aus. Es war eine Mischung aus Pfeffer, Muskat und Zimt.

Henry schlich an der Spitze seiner Männer zum nächstgelegenen Niedergang, um auf das obere Geschützdeck zu kommen. Hier lagen einige Männer in ihren Hängematten und schliefen. Es waren aber deutlich weniger Seeleute, als man bei einem Schiff dieser Größe erwartet hätte. War der Rest an Land oder waren sie den Strapazen der langen Reise zum Opfer gefallen?

Ganz ruhig und vorsichtig nahmen sich Henry du Valles Männer die Schlafenden nacheinander vor. Sie wurden geknebelt und gefesselt, ohne dass ein Laut zu hören war. Auffällig war nur, wie ein Schnarchen nach dem anderen verstummte. Schließlich herrschte im gesamten Deck Stille.

Leise flüsternd teilte Henry du Valle seine Männer auf. Ein Teil unter Führung seines Bootssteurers drang zum Heck, zu den Unterkünften der Offiziere und Passagiere vor. Henry ging mit seinem Trupp auf das Oberdeck. Eventuell gab es ja doch eine Ankerwache. Die Männer schwärmten aus, fanden aber keine Menschenseele. Von der Poop kam ihm Sergeant Smithers mit seinen Männern entgegen. Sie hatten das Kapitänsquartier durchsucht und dabei nur einen Diener des Kapitäns gefangen genommen. Der total geschockte Mann brachte kaum ein Wort hervor.

Als er sich etwas beruhigt hatte, stellte sich heraus, dass er recht gut Englisch sprach. Nun erfuhr Henry du Valle, dass der Kapitän mit einem Beiboot nach Amsterdam gesegelt war, um Instruktionen von der Vereinigten Ostindischen Kompanie zu erbitten. In diesen politisch sehr unruhigen Zeiten wollte er den Konvoi mit seiner wertvollen Ladung nicht in die Hände irgendwelcher Revolutionäre oder der französischen Verbündeten fallen lassen.

Henry du Valle spürte, wie das Schiff um den Anker schwoite. Die Tide war gekippt und mit der ablaufenden Flut konnten sie nun die Nordsee ansteuern. Er befahl, die Mars- und Klüversegel zu setzen. Charlie Starr übernahm das Ruder. Schließlich befahl Henry du Valle, das Ankertau mit einer Axt zu kappen. Die Segel wurden in den Wind gestellt und das Schiff nahm Fahrt auf.

»Mr. Quinn, hissen sie eine rote Laterne«, befahl Henry du Valle. Kurz darauf meldete Brian Quinn: »*Clinker* hat ebenfalls die rote Laterne gesetzt.« »Danke, Mr. Quinn, dann wird es jetzt Zeit für das Erkennungssignal, rot über grün im Großtopp.« Die *Clinker* setzte nun auch das Erkennungssignal und nahm ihre Position vor der Prise ein.

Ganz langsam setzte am östlichen Horizont die Dämmerung ein. Die beiden Schiffe glitten durch das Fahrwasser zwischen der Insel Texel und dem kleinen Hafen Helder auf dem holländischen Festland. Die zunehmende Helligkeit erleichterte dem Master auf der *Clinker* die Navigation ganz erheblich, so dass er sicher durch das in einer leichten Windung nach Südwest verlaufende Fahrwasser steuerte.

Dann war endlich die offene See erreicht und Jubel brandete auf beiden Schiffen auf, als Henry du Valle die Flagge mit dem Sankt Georgs-Kreuz über der Flagge der Batavischen Republik setzen ließ.

17

Bei Tageslicht konnte Henry du Valle endlich den Namen seiner Prise feststellen. Es war die *Hoorn*, ein Schiff der Ostindienkompanie aus der gleichnamigen Hafenstadt, nach der auch die berühmt-berüchtigte Südspitze Amerikas benannt war. Das Schiff wies zwar deutliche Spuren einer Reise bis zum anderen Ende der Welt auf, war aber insgesamt sehr gut in Schuss. Die *Hoorn* war auch erst vor zwei Jahren vom Stapel gelaufen.

Die Suche nach dem Geschwader von Captain Trollope blieb erfolglos. Offenbar kreuzte er im Moment vor den nördlichen Zufahrten in die Zuidersee. Henry du Valle beschloss deshalb, Admiral Duncan mit seinem etwas weiter vor der Küste entfernt kreuzenden Geschwader zu suchen.

Bereits gegen Mittag kamen Segel in Sicht und bei der Annäherung meldete der Ausguck, dass es sich um Admiral Duncans Geschwader handelte. Das Flaggschiff signalisierte »Kommandant an Bord kommen« und Henry ließ sich zur *Venerable* rudern.

Wieder einmal wurde Henry du Valle mit dem einem Kommandanten zustehenden Pomp empfangen und Captain Fairfax begrüßte ihn mit den Worten: »Sie werden es noch weit bringen, Captain du Valle. Man schickt Sie mit einer Brigg los und Sie kehren mit einem kleinen Geschwader zurück. Der Admiral hat Ihren Kutter bereits für die Royal Navy in Dienst gestellt.« Henry bedankte sich artig und dachte bei sich, dass ihm und seiner Besatzung diesmal das Kriegsglück hold war. Aber ob das auch in Zukunft so sein würde?

Auch Admiral Duncan empfing ihn ausgesprochen freundlich. »Ich habe Ihren Bericht mit großem Interesse gelesen, Captain du Valle. Für mich sieht es ganz danach aus, als ob die Invasion in Irland für dieses Jahr von Tisch ist.« »Das war auch mein Eindruck, Sir«, erwiderte Henry und fuhr fort: »Trotzdem sehe ich immer noch die Möglichkeit, dass die Holländer doch noch in diesem Jahr auslaufen. Ihre Schiffe sahen mir nicht danach aus, als ob man sie bereits für den Winter einmotten will.« »Ihr Wort in Gottes Ohr«, antwortete der Admiral, »Ich bin es allmählich leid, tagaus, tagein darauf zu warten, dass de Winter[33], dieser alte Fuchs, endlich seinen Bau verlässt. Für den Augenblick kommt mir die Sache aber ganz gelegen, denn so kann ich mit meiner Hauptmacht nach Yarmouth zurückkehren und die Schiffe auf die kalte Jahreszeit vorbereiten. Nur der arme Trollope wird noch länger hier draußen ausharren müssen.«

Admiral Duncan leerte einige Gläser Portwein mit Henry und machte ihn schließlich mit seinen neuen Befehlen vertraut: »Sie kehren bereits heute nach England zurück, Sie Glückspilz. Ihre *Clinker* kommt noch einmal in die Werft, damit ihr Rumpf gekupfert werden kann. Und Sie können sich bei der Gelegenheit persönlich um Ihre Prise kümmern.«

Nach einem langen, fast schon freundschaftlichen Gespräch kehrte Henry du Valle auf seine Prise zurück und ging ohne langes Zögern mit ihr und der *Clinker* auf Heimatkurs. Sein Befehl besagte, dass er die *Clinker* nach

---

[33] Vizeadmiral Jan de Winter war der Oberbefehlshaber der batavischen Flotte.

Chatham in die Königliche Werft bringen sollte. Mr. Richards, sein Master, rieb sich vor Freude schon die Hände. Neben der versprochenen Kupferung wollte er der Werft auch noch die eine oder andere kleine Ausbesserung abluchsen und erstellte sofort eine Liste.

Die Windverhältnisse ließen jedoch keine direkte Ansteuerung der Themsemündung zu, so dass Henry du Valle zu einem weiten Schlag nach Norden gezwungen war und erst dann in einem zweiten Schlag entlang der englischen Küste Sheerness anlaufen konnte.

Als er nach einer Woche in Sheerness eintraf, hatten sich seine Befehle jedoch schon wieder geändert. Vizeadmiral Lutwidge, der Befehlshaber des Nore-Geschwaders, stellte ihn unter sein Kommando. Es blieb ihm gerade einmal so viel Zeit, dass er die *Hoorn* dem Prisengericht übergeben konnte. Dann lichtete die *Clinker* ihre Anker und kehrte in die Nordsee zurück.

Mr. Cobham und die Prisencrew waren auf dem erbeuteten Kutter geblieben und bildeten den Grundstock der neuen Besatzung. Zum Kommandanten hatte Admiral Duncan einen Leutnant von seinem Flaggschiff ernannt. Als Ersatz meldete sich Midshipman Raimond Davies aus dem Gefolge von Vizeadmiral Lutwidge mit vier Vollmatrosen an Bord.

»Nun, Mr. Richards«, meinte Henry bei einem gemeinsamen Frühstück mit seinem Master, »da werden Sie noch ein wenig auf Ihre geliebte Kupferung warten müssen.« Der Master knurrte nur, biss herzhaft in den duftigen Käsetoast und warf später seine zerknüllte Liste mit den geplanten Ausbesserungsarbeiten wütend ins Meer.

Henry du Valles neue Befehle sahen vor, dass er auf dem schnellsten Wege Skagen ansteuern sollte, um dort auf die Rückkehrer der letzten Ostsee-Konvois zu warten. Vor zwei Monaten hatte eine einzelne Fregatte den letzten Konvoi des Jahres in die Ostsee geleitet. Für englische Schiffe war es in der Ostsee relativ sicher, da alle Anrainerstaaten entweder Verbündete oder neutral waren und sich nur selten französische oder batavische Freibeuter in die Ostsee verirrten. Dafür war es in der Nordsee umso gefährlicher, denn die Royal Navy konzentrierte sich hier auf die Blockade der Batavischen Republik und hatte kaum Ressourcen für den Schutz der Handelsschifffahrt.

Die Überfahrt nach Skagen verlief ausgesprochen ruhig. Der Wind kam querab und stand die ganze Zeit durch, so dass Henry du Valle die Segel, die er beim Verlassen von Sheerness setzen ließ, fünf Tage lang kein einziges Mal anfassen lassen musste. Nur ein kleiner Trimm war von Zeit zu Zeit notwendig. Henry du Valle genoss diese Zeit des unbeschwerten Segelns. Er tankte Kraft, denn er wusste, dass es nicht so bleiben konnte. Schon bald würden die ersten Herbststürme über die See jagen und dann wäre es vorbei mit dieser herrlichen Zeit.

Auch die Mannschaft genoss es, endlich einmal Zeit zu haben. Zwar wechselten sich die Wachen im üblichen Rhythmus ab, doch bis auf das morgendliche Deckschrubben und die sonstigen Routinearbeiten gab es nur wenig zu tun. So hielten sich die Männer fast ausschließlich an Deck auf und vertrieben sich die Zeit. Henry du Valle duldete das, denn es wurden ja keine Arbeiten an Deck behindert. Lediglich die regelmäßigen Übungen an den Geschützen fanden auch weiterhin statt – einem Gegner auf eine Breitseite zwei zu erwidern, konnte schließlich über Sieg oder Niederlage entscheiden.

Gegen Mittag des fünften Tages kam Land in Sicht, das Fischerdorf Skagen und sein weißer Leuchtturm Skagen Fyr. Die Reede vor Skagen war bis auf ein paar einheimische Fischerboote leer. Skagen lag auf der Ostseite der gleichnamigen Landzunge. Damit war die Reede von Skagen vor den Nordseewellen geschützt. Henry du Valle kannte den kleinen Ort bereits von Handelsfahrten, die er als Kind mit seinem Vater unternommen hatte. So war es kaum verwunderlich, dass er ausgesprochen freundlich begrüßt wurde, als der Hafenmeister von Skagen zur *Clinker* gerudert kam.

»Wenn das mal nicht du Valles Jüngster ist«, rief der alte Hafenmeister erfreut aus. Henry du Valle freute sich ebenfalls, ein vertrautes Gesicht aus Kindertagen begrüßen zu können. Bei seiner ersten Fahrt ins Baltikum musste die Brigg seines Vaters hier mehrere Wochen auf das Ende eines Herbststurms warten. Damals hatte Henry etliche Nächte im Haus des Hafenmeisters Holm Hanssen, der zugleich Bürgermeister und Fischereiaufseher war, verbracht, und er dachte noch immer gern an diese Zeit zurück. »Du musst uns unbedingt besuchen, Captain Henry, am besten zum Abendessen«, sagte Hanssen. »Ich komme gern, Herr Hanssen«, antwortete Henry du Valle. »Sag ruhig weiter Vater Hanssen zu mir. Annika wird vielleicht Augen machen, wenn ich ihr verrate, wer heute zum Essen kommt.«

18

Annika! Wenn Henry du Valle an diesen Namen dachte, musste er lächeln und längst vergessene Bilder erschienen vor seinem inneren Auge. Mit seinen Aufenthalten bei den Hanssens war dieser Name untrennbar verbunden. Annika war die fast gleichaltrige Tochter der Hanssens, mit der er viel Zeit verbracht hatte, wann immer das Schiff seines Vaters vor Skagen lag. Obwohl sie nur Spielkameraden waren, hatten ihn ihre leuchtend grünen Augen und die rötlich blonden Haare schon damals fasziniert. Jetzt war er ein Mann, Kommandant auf einem Schiff des Königs und Annika war eine junge Frau. Bestimmt war sie schon verheiratet oder zumindest einem der Fischer von Skagen versprochen. Oder vielleicht auch nicht? Und wie mochte sie jetzt aussehen?

Die Zeit schien still zu stehen. Ruhelos wanderte Henry du Valle auf dem Achterdeck der *Clinker* umher. Die Matrosen der Ankerwache warfen sich bedeutsame Blicke zu. So kannten sie ihren Kommandanten noch nicht. Natürlich war an Bord bekannt, dass er am Abend beim Hafenmeister eingeladen war, doch das konnte doch unmöglich der Grund für seine Unruhe sein. Drohte hier etwa eine Gefahr, von der nur der Kommandant wusste? Das war kaum vorstellbar, denn die Männer hatten ihn in Gefahrensituationen als absolut kaltblütig kennengelernt. Vielleicht würde ja Charlie Starr etwas herausfinden, wenn er den Kommandanten später an Land brachte.

Die Dämmerung setzte ein und Henry kam in seiner besten Uniform an Deck. Er hatte eine in Seidenpapier eingeschlagene Flasche als Gastgeschenk für die Hanssens dabei. Charlie Starr wartete bereits mit der Bootscrew in der Kommandantengig. Mit Blick auf die eingewickelte Flasche meinten die Männer zu wissen, was ihren Kommandanten so in Unruhe versetzt hatte, und nur mühsam unterdrückten sie ein breites Grinsen. Sobald sein Kommandant Platz genommen hatte, ließ Charlie Starr von der *Clinker* ablegen. Nach wenigen Minuten war das Ufer erreicht und zwei Matrosen trugen Henry du Valle an Land, damit seine schwarzen Lackschuhe und die weißen Seidenstrümpfe sauber blieben.

Charlie Starr kam mit an Land und fragte: »Wann soll ich Sie wieder abholen, Sir?« »Das weiß ich noch nicht genau.« Henry zeigte ins Boot und fuhr fort: »Geben sie mir eine Laterne aus der Gig, damit ich signalisieren kann.« »Aye, Sir.« Pflichtgemäß watete Charlie nochmal zurück zum Boot, um die Laterne zu holen.

Die Laterne in der einen, die Flasche Wein in der anderen Hand folgte Henry dem Pfad vom Strand zu den Häusern des kleinen Dorfs. Obwohl Holm Hanssen Hafenmeister war, lag sein Haus etwas abseits, im Schutz einer Düne. Henry brauchte bis dorthin ungefähr zehn Minuten. Auf seinem Weg musterte er die Häuser. Sie machten einen guten Eindruck. Obwohl fast ganz Europa im Krieg war, lebte man im neutralen Dänemark sehr gut von diesem Krieg und genoss selbst den Frieden. Es waren die Schiffe der neutralen Staaten, die den Transport von Handelswaren übernommen hatten, denn beide Seiten ließen sie weitgehend ungeschoren, sofern sie keine Kriegsgüter in ihrer Ladung hatten.

Schon von Weitem sah man, dass die gute Stube der Hanssens erleuchtet war. Sie nahm zwar viel Platz im Hause ein, doch benutzt wurde sie nur an Feiertagen und wenn man hohen Besuch empfing.

Henry öffnete die kleine Gartenpforte. In diesem Moment ging die Haustür auf und Mutter Hanssen kam ihm entgegen. Die ohnehin schon kleine Frau schien mit den Jahren noch weiter geschrumpft zu sein, doch ihre Augen strahlten noch immer die alte Energie aus. Sie nahm den jungen Kapitän in den Arm und sah ihn dann prüfend an. So hatte sie früher immer geschaut, wenn die Kinder etwas angestellt hatten und sie die Wahrheit ergründen wollte.

»Du hast Dich in den letzten Jahren ja ziemlich rar gemacht, mein Junge«, sagte sie in ihrem südenglischen Dialekt. Holm Hanssen hatte sie vor vielen Jahren kennengelernt, als sein Schiff bei den Downs lag, und vom Fleck weg geheiratet. »Ich hatte einfach keine Zeit, Mutter Hanssen, in der Royal Navy kann man sich leider nicht aussuchen, wohin das Schiff segelt.« Mutter Hanssen lachte. »Ich weiß Bescheid, mein Junge, mein Vater ist damals mit der alten *Victory* auf See geblieben. Aber nun komm rein in die gute Stube, sonst wird das Essen noch kalt.«

Henry du Valle musste den Kopf einziehen, als er das Haus durch die niedrige Tür betrat. Mutter Hanssen, die vorangegangen war, öffnete die Stubentür und bat ihn hinein. Er wollte die Stube betreten, als er eine zierliche, rotblonde Frau vor sich stehen sah. Nur die Sommersprossen erinnerten noch an die kleine Annika. Henry war so von dem Anblick gefangen, dass er für einen Moment alles vergaß. Prompt knallte er mit der Stirn gegen den Türrahmen und er sah nur noch Sterne, während Annika herzlich lachte. »Vorsicht Henry, unser Haus ist nicht mit Dir gewachsen«, sagte sie. Henry du Valle lief puterrot an und brachte kein Wort heraus. Holm Hanssen, der neben Annika stand, rettete ihn aus seiner Verlegenheit, indem er ihn umarmte. »Sei uns herzlich willkommen, Captain Henry.«

Henry du Valle verbrachte einen unbeschwerten Abend bei den Hanssens, der ihn fast zurück in seine Kinderzeit befördert hätte, wäre da nicht diese wunderschöne junge Frau gewesen. Wann immer er sie ansah, strahlten ihn ihre grünen Augen an und er wurde rot. Er hätte sich selbst ohrfeigen können. Da saß ihm die schönste Frau, die er kannte, gegenüber und er benahm sich wie der letzte Dorftrottel. Was sollte Annika nur von ihm denken?

Der Abend endete und Henry du Valle erhob sich, um sich zu verabschieden. Die Hanssens umarmten ihn wie einen Sohn und forderten ihn auf, nicht wieder so viele Jahre bis zu seinem nächsten Besuch vergehen zu lassen. Annika stand etwas abseits. Als sich Henry auch von ihr verabschieden wollte, sagte sie: »Ich bringe Dich zum Strand.«

Zunächst gingen die Beiden schweigend nebeneinander her. Henry trug seine Schiffslaterne und Annika ein Paket mit Räucherwürsten, das Mutter Hanssen noch rasch zusammengepackt hatte. Er zermarterte sich das Hirn, wie er nur ein Gespräch in Gang bringen konnte, doch ihm fiel nichts ein. Die Royal Navy hatte ihn auf fast jede Situation vorbereitet, nur auf diese nicht.

Schließlich brach Annika das Schweigen. »Wie lange bleibst du noch, Henry?« »Ich…äh….ich weiß es nicht.« Henry war wütend auf sich selbst, dass er nun zu allem

Unglück auch noch zu stottern anfing. »Darfst du es mir nicht verraten?« fragte Annika lachend. »Naja, Befehle sind schon geheim, aber hier weiß ja eh jeder, dass wir auf den letzten Konvoi aus der Ostsee warten«, meinte Henry. »Stimmt, das wissen wir hier alle.« Annika lachte. »Jedes Jahr um diese Zeit kommt ein Kriegsschiff aus England, aber meistens sind sie etwas größer.« »Ja, die *Clinker* ist nur eine Kanonenbrigg, aber ihre Feuerkraft sollte niemand unterschätzen.«

Schweigend gingen sie weiter und erreichten den Strand. Henry entzündete die Laterne und winkte mit ihr, bis von der *Clinker* ein Bestätigungssignal kam. Im Schein der Laterne sah er Annika an und sie erwiderte seinen Blick. Dann rang er sich endlich zu der Frage durch, die ihn die ganze Zeit beschäftigte. »Darf ich Dich morgen zu einem Spaziergang auf die Halbinsel abholen, oder…?« »Oder was?« fragte Annika. »Gibt es da vielleicht jemanden, der etwas dagegen haben könnte?« »Nein Henry, da ist niemand. Und ja, ich gehe sehr gern mit Dir zur Halbinsel.«

Die Kommandantengig kam und fuhr knirschend in den feuchten Sand. Bevor Henry ins Boot getragen wurde, gab ihm Annika einen flüchtigen Kuss auf die Wange und wandte sich dem Dorf zu. Kurz bevor sie von der Dunkelheit verschluckt wurde, drehte sie sich kurz um und winkte zum Abschied. Er winkte mit der Laterne zurück. Die Männer im Boot wechselten wissende Blicke. Soviel war klar, ihr Kommandant war verliebt.

19

Drei Tage später durchpflügte die Kanonenbrigg *Clinker* die Wellen der Ostsee. Henry du Valle stand auf der Luvseite des Achterdecks und hing seinen Gedanken nach. Noch vor wenigen Stunden war er mit Annika über die Halbinsel gewandert, wie sie es bereits am Vortag getan hatten. Bei dem Gedanken daran spürte er wieder dieses wohlige Kribbeln in der Herzgegend.

Es waren zwei wunderschöne Tage, obwohl eigentlich kaum etwas und doch so viel geschehen war. Anfangs sprudelten sie beide fast über vor Mitteilungsbedürfnis, hatten sich unendlich viel zu erzählen, über die gemeinsame Vergangenheit und die Zeit bis zu ihrer erneuten Begegnung. Als sie schließlich dort standen, wo sich die Wasser von Nord- und Ostsee treffen, nahm Henry Annika in den Arm und küsste sie. Damit war für beide alles klar, sie gehörten zusammen.

So standen sie auch am gestrigen Abend beieinander und schauten zu, wie sich die Sonne anschickte, in der Nordsee zu versinken. Sie hielten einander im Arm und genossen ihre Nähe. In der Ferne waren die Segel zweier Schiffe zu erkennen, die sich offenbar anschickten, die Halbinsel zu runden.

»Da bekommt Vater Hanssen heute noch etwas Arbeit«, meinte Henry. Annika schwieg zunächst, doch nach einer Weile antwortete sie: »Das ist komisch, auf diesem Kurs kommen sie nicht nach Skagen. Ich glaube, sie steuern eher die schwedische Küste an. Entweder sind es Schweden auf der Heimfahrt oder sie wollen nicht gesehen werden.«

Gemeinsam beobachteten sie die die beiden Schiffe, die langsam näherkamen.

Henry du Valle nahm sein Taschenfernrohr, um sich die Schiffe etwas genauer anzuschauen, denn bereits die fernen Silhouetten kamen ihm seltsam vertraut vor. Beim Blick durch das Fernrohr war ihm alles klar. »Das sind Franzosen«, sagte er, »Französische Lugger[34].« Er sah Annika bedauernd an. »Ich muss so schnell wie möglich zurück auf mein Schiff.« »Aber sollst Du nicht hier auf den Konvoi warten?« fragte Annika. Henry nickte. »So lautet mein Befehl, ja - aber wenn diese beiden Schiffe in die Ostsee durchbrechen, wird nicht viel von dem Konvoi übrig sein, wenn er Skagen erreicht.« »Aber wie kannst Du Dir sicher sein, dass es sich um Korsaren handelt?« wollte Annika wissen. »Für Handelsschiffe ist es zu spät im Jahr. Wer jetzt noch in die Ostsee einläuft, ist auf dem Heimweg oder interessiert sich für die Heimkehrer aus der Ostsee«, erklärte er ihr seine Schlussfolgerungen.

Raschen Schrittes liefen sie den Weg durch die Dünen zurück nach Skagen. »Es tut mir leid, dass unsere Zeit nun schneller endet, als ich es ursprünglich gehofft habe«, bedauerte Henry. »Du kommst hoffentlich bald zurück«, antwortete Annika. Als sie den Hafen erreicht hatten, nahm Henry sie noch einmal in den Arm und küsste sie. »Ich komme zurück, Annika.« Inbrünstig hoffte er, dass es ihm vergönnt war, dieses Versprechen einzuhalten, trotz der düsteren Zeiten, die der Krieg mit sich brachte.

---

[34] Meist dreimastige kleine Segelschiffe, die bei den französischen Korsaren wegen ihrer Schnelligkeit beliebt waren

»Segel ein Strich Steuerbord voraus«, meldete Mr. Davies und riss seinen Kommandanten damit aus seinen Gedanken. Er warf einen Blick durch sein Fernrohr. Das waren nur ein paar Fischerboote, die das ruhige Herbstwetter für eine letzte Ausfahrt nutzten. Von den Franzosen fehlte noch immer jede Spur. Henry du Valle war sich bewusst, dass es jede Menge Ärger bedeuten konnte, wenn er am Ende ohne triftigen Grund für sein eigenmächtiges Verlassen des Postens in Skagen dastand. Andererseits erwartete die Admiralität von ihren Kommandanten Eigeninitiative, wenn es die Situation erforderte, doch die Verantwortung nahm einem niemand ab.

An den zerklüfteten Küsten der Ostsee glich die Suche nach den französischen Luggern der Suche nach der berühmten Nadel im Heuhaufen. Deshalb erschien es Henry auch sinnlos, in jede Bucht oder jeden Bodden zu schauen. Viel besser war es, den Konvoi zu suchen und die Fregatte *Vestal* bei der Verteidigung des Konvois zu unterstützen. Henry du Valle kannte den Treffpunkt des Konvois an der Ostküste der Insel Bornholm. Unter vollen Segeln lief die *Clinker* auf diesen Treffpunkt zu, doch unterwegs schadete es natürlich nicht, nach den Luggern Ausschau zu halten.

»An Deck«, meldete der Ausguck auf dem Fockmast, »Segel in Backbord, es ist ein Dreimaster.« »Mr. Davis, bitte sehen Sie sich das Schiff genauer an«, befahl Henry du Valle. Der Midshipman enterte auf und richtete sein Fernrohr auf das unbekannte Schiff. »Sir, es ist ein Kriegsschiff, eine Fregatte oder Sloop, vermutlich schwedisch«, meldete Mr. Davies. Das schwedische Kriegsschiff stand besser zum Wind und näherte sich rasch. Henry du Valle befahl einen Salut für die schwedische Flagge, der erwidert wurde. Jetzt ging das schwedische Kriegsschiff auf Parallelkurs und sein Kommandant rief: »Darf ich Sie zu mir an Bord einladen?«. Henry antwortete: »Ich komme gern!« In seiner besten Uniform ließ er sich zu dem schwedischen Kriegsschiff rudern.

An Bord wurde er mit Trommeln und Pfeifen begrüßt. Der Kommandant empfing ihn persönlich. »Herzlich willkommen an Bord der königlich-schwedischen Fregatte *Ulla Fersen*, ich bin Kapitän Cederström.« Cederström sprach sehr gutes Englisch, wenn auch mit dem typischen skandinavischen Akzent. »Sehr angenehm, Leutnant du Valle, Kommandant seiner Majestät Kanonenbrigg *Clinker*.« Die Männer reichten sich die Hand und Kapitän Cederström stellte Henry seine Offiziere vor, um ihn schließlich mit einer weit ausholenden Armbewegung in seine Kajüte einzuladen.

Nachdem sie mit Rheinwein auf ihre Majestäten getrunken hatten, sagte Kapitän Cederström mit fragendem Blick: »Es ist ungewöhnlich, ein britisches Kriegsschiff ohne Konvoi in diesen Gewässern zu treffen.« Henry nickte lächelnd, antwortete dann aber mit ernster Miene: »Ich verfolge zwei französische Schiffe, die unserem Konvoi gefährlich werden könnten.« »Ich verstehe, Kapitän du Valle. Kennen Sie die Ostsee?« wollte Cederström wissen. »Ja, ich war schon öfter hier, allerdings auf Schiffen meiner Familie.« Der schwedische Kapitän strahlte ihn an und erwiderte: »Ah ja, du Valle – ich erinnere mich! Dann hatte ich offenbar bereits die Ehre, Ihren Vater kennenzulernen. Ich habe eine gewisse Zeit im Beschaffungsamt unserer Marine gearbeitet und er erledigte damals einige Transporte für uns, die wir vor dem Zugriff der Russen schützen wollten. Ich hoffe, er ist wohlauf?« »Vielen Dank, Kapitän Cederström, es geht ihm ausgezeichnet«, gab Henry bereitwillig Auskunft. »Dann tun Sie mir bitte den Gefallen und grüßen Sie ihn recht herzlich von mir.«

Nachdem die Weinflasche geleert war, verabschiedete sich Henry du Valle von seinem Gastgeber. Dieser geleitete ihn bis zur Pforte und reichte ihm zum Abschied die Hand. »Übrigens haben wir Ihre Franzosen im Morgengrauen gesichtet. Sie hielten sich ziemlich dicht unter der schwedischen Küste. Vermutlich haben sie so nachts den Sund passiert. Ich glaube, sie nehmen Kurs auf Bornholm.«

Auf der Rückfahrt zur *Clinker* grübelte Henry darüber nach, warum Kapitän Cederström ihm die für ihn so wichtige Information bezüglich der französischen Freibeuter erst scheinbar beiläufig bei der Verabschiedung gegeben hatte. Lag es daran, dass Schweden neutral war, er aber dem Sohn eines alten Bekannten behilflich sein wollte? Oder wollte ihn Kapitän Cederström auf eine falsche Fährte locken? Nein, diesen Gedanken verwarf Henry du Valle sehr schnell, dafür machte der Mann einen zu offenen, geradlinigen Eindruck.

20

Während sich die Segel der *Clinker* wieder füllten und die Kanonenbrigg zurück auf ihren alten Kurs ging, stand Kapitän Cederström auf seinem Achterdeck und grüßte zum Abschied. Henry du Valle erwiderte den Gruß. Obwohl Henry schon fast sein ganzes Leben zur See fuhr, erstauntes es ihn immer noch, wie rasch sich zwei Schiffe auf See voneinander entfernen konnten. Es dauerte nicht lange und die *Ulla Fersen* war in der Ferne nur noch zu erahnen.

Henry richtete das Wort an seinen Master und seinen Midshipman, die, leise miteinander redend, nebeneinander an der Reling standen und der *Ulla Fersen* hinterher schauten. »Mr. Richards, Mr. Davies, dürfte ich Sie auf ein Wort in meine Kajüte bitten?« An Bord eines Kriegsschiffes war selbst eine freundlich formulierte Bitte des Kommandanten ein Befehl, dem sofort Folge zu leisten war. So gingen die drei Männer unter Deck. »Jeeves, bring uns frischen Kaffee!« rief Henry laut. Der Stewart schien nur auf diesen Ruf gewartet zu haben, denn unmittelbar nachdem die drei Männer in der Kajüte Platz genommen hatten, öffnete sich die Tür und Jeeves kam mit einer großen Blechkanne und drei Tassen hinein.

Genüsslich tranken die Männer ihren heißen Kaffee. »Ich hatte ein sehr aufschlussreiches Gespräch mit dem schwedischen Kommandanten. Er hat die Franzosen heute früh an der schwedischen Küste gesichtet und seiner Meinung nach nehmen sie Kurs auf Bornholm«, berichtete Henry von seinem Besuch an Bord des Schweden. »Woher kennen die Franzosen den Treffpunkt unseres Konvois?« fragte Mr. Davies. »Der Treffpunkt ist nicht geheim. Er befindet sich in neutralen Gewässern, erst wenn der Konvoi aufbricht, wird es gefährlich«, antwortete Henry du Valle. »Dann sollten wir versuchen, die Franzosen abzufangen, solange der Konvoi noch vor Bornholm liegt«, schlug Mr. Richards vor.

Henry du Valle nickte nur und breitete eine Karte der Gewässer um Bornholm aus. Nachdem er sich kurz orientiert hatte, deutete er auf die Westküste der Insel. »Hier liegt Rönne, die Inselhauptstadt. Auf der Reede von Rönne sammelt sich der Konvoi. Hier werden sich die Franzosen nicht blicken lassen, da sie nach den Regeln der Neutralität erst einen Tag nach dem Konvoi Bornholm verlassen dürften.«

»Also werden sie sich an der Ostküste verstecken und Spione aussenden, um den Aufbruch des Konvois nicht zu verpassen«, meinte Mr. Davies. »Das sehe ich auch so, Mr. Davies«, antworte Henry. »Allerdings glaube ich, dass wir die Position der Franzosen noch genauer bestimmen können.« Der Master und der Midshipman sahen ihn fragend an. »Hier, im Nordosten von Bornholm, liegen die Erbseninseln mit der Festung Christiansö. Dort gibt es auch einen Militärhafen der dänischen Marine. Wenn sich die Franzosen längere Zeit zwischen Bornholm und den Erbseninseln aufhalten, werden die Dänen sicherlich misstrauisch und Spionage vermuten. Immerhin handelt es sich um ihren wichtigsten Stützpunkt zur Beobachtung der Schweden und der Russen. Deshalb bin ich davon überzeugt, dass die Franzosen eher im Südosten von Bornholm ankern werden, wahrscheinlich vor dem kleinen Fischerhafen Nexö.« »Aber wenn sie dort liegen, dürfen wir sie nicht angreifen«, wandte Mr. Richards ein. »Richtig, Mr.

Richards. Aus diesem Grund habe ich auch nicht die Absicht, Nexö anzulaufen, sondern ich will sie aus dem sicheren Hafen herauslocken.« »Wenn sie eine britische Kanonenbrigg sehen, werden sie schön im Hafen bleiben. Bei den Franzosen hat sich doch bestimmt schon längst herumgesprochen, über welche Feuerkraft wir verfügen«, äußerte Mr. Davies mit skeptischer Miene.

Henry du Valle lächelte. »Die Franzosen dürfen nicht wissen, mit wem sie es zu tun haben und zugleich müssen wir ihre Neugier erwecken.« »Denken Sie an eine Maskerade, Sir?« fragte der Master. »Genau daran denke ich, meine Herren«, grinste Henry seine beiden Untergebenen an. »Wir werden aus der *Clinker* eine langsame und schlecht geführte Handelsbrigg machen.«

Unmittelbar nach der Besprechung begann die Maskierung der *Clinker,* während die Kanonenbrigg weiter in die Ostsee hineinsegelte. Die Bordwände wurden mit Segeltuch verhangen, um so die Geschützpforten zu verdecken. Um nicht vollkommen unbewaffnet zu wirken, was die Korsaren eventuell misstrauisch gemacht hätte, ließ Henry du Valle jeweils zwei Geschützpforten pro Breitseite auf das Segeltuch malen. Die beiden Masten wurden mit durchhängenden Seilen verbunden, wobei Mr. Johnson streng darauf achtete, dass die Seile das Rigg nicht beeinträchtigten. Ein kritischer Betrachter würde sich zwar fragen, welche Funktion diese Seile hätten, doch die Meisten würden lediglich ein schlecht geführtes Schiff sehen.

Um den äußeren Eindruck zu vervollständigen, wurden noch einige leere Wasserfässer an Deck platziert. Für den Bootsmann fühlte es sich wie ein wahr gewordener

Alptraum an, doch Henry du Valle war sich sicher, dass die Korsaren auf die Maskerade hereinfallen würden. »Nun machen Sie nicht so ein unglückliches Gesicht, Mr. Johnson. Sobald wir die Franzosen erwischt haben, dürfen Sie aus unserer *Clinker* wieder ein echtes Schiff des Königs machen«, sagte Henry lachend.

Er ließ einen Kurs steuern, der die *Clinker* zwischen Bornholm und der schwedischen Küste hindurchführte. So würde ein zufälliger Beobachter auf Bornholm vermuten, dass die Brigg auf dem Weg zu einem der großen schwedischen Häfen wie Stockholm oder Karlskrona war. Nach dem Passieren der Erbseninseln ging die *Clinker* auf einen Südwestkurs. Inzwischen war es dunkel geworden und Bornholm ließ sich im fahlen Mondlicht nur erahnen. Um Nexö nicht in der Dunkelheit und somit unbemerkt zu passieren, ließ Henry du Valle nun für die Nacht beidrehen.

Bis auf eine kleine Wache schickte er die gesamte Mannschaft in die Hängematten, denn am morgigen Tag würde es vermutlich einen heißen Tanz geben.

21

Noch bevor es dämmerte stand Henry du Valle wieder auf seinem Achterdeck. Das westlich von ihnen gelegene Bornholm wurde noch von der nächtlichen Dunkelheit verschluckt. Es hieß also, weiter geduldig zu sein, denn das Gelingen des Plans hing entscheidend davon ab, dass sie von den Korsaren gesehen wurden. Henry versuchte, sich noch einmal ganz genau an die von ihm gesichteten Lugger zu erinnern. Beide waren verhältnismäßig groß und hatten mindestens sieben Geschützpforten. Welche Kanonen sich dahinter verbargen, blieb aber im Moment noch unklar.

Es wurde Zeit, die Mannschaft zu wecken. Henry hielt es für wichtig, dass seine Männer vor dem Kampf ihr Frühstück bekamen. »Mr. Johnson, lassen Sie die Mannschaft wecken«, befahl er leise. »Aye Sir.« Der Bootsmann salutierte und rief dann seinen Gehilfen in einem Ton, den er für Flüstern hielt, zu sich. Henry du Valle verspürte jetzt auch so etwas wie Hunger. Er ging unter Deck.

Jeeves erwartete ihn bereits. Da sie vorgestern noch vor Skagen gelegen hatten, war das Frühstück so reichhaltig, wie es Henry sich wünschte. Viele seiner Landsleute auf den Kanalinseln hielten es mehr mit der französischen Lebensart, die so früh am Tage nur einen kleinen Bissen vorsah, aber Henry du Valle war mit den Frühstücksgewohnheiten seines Vaters aufgewachsen, der während seines Dienstes in der Royal Navy ein reichhaltiges Frühstück schätzen gelernt hatte. Leider war die *Clinker* nur ein kleines Schiff, ohne die Möglichkeit, reichliche Vorräte und lebende Tiere mitzuführen. Selbst für ein paar Hühner fehlte der Platz. Doch heute konnte Jeeves noch aus dem Vollen schöpfen und Henry lehnte sich wohlig zurück, nachdem er einen großen Teller mit Eiern und Speck, etliche Hammelkoteletts sowie eine Schüssel Porridge gegessen hatte. Nun noch reichlich Kaffee und der Tag konnte beginnen.

Als er wieder an Deck ging, hatte auch die Mannschaft ihr Frühstück beendet und es wurden die letzten Vorbereitungen auf das bevorstehende Gefecht getroffen. Mr. Johnson wollte die Rahen mit Ketten sichern, um sie so vor dem Herabfallen zu bewahren, aber sein Kommandant stoppte ihn. Ein kritischer Beobachter würde diese Gefechtsvorbereitung auch aus großer Entfernung sehen und sofort misstrauisch werden.

»An Deck, Land direkt voraus, rund fünf Meilen«, ertönte es leise vom Fockmast. Wenig später konnte man die dunkle Landmasse auch vom Achterdeck aus erkennen. »Mr. Richards, setzen Sie einen Kurs ab, der uns in ungefähr zwei Meilen Entfernung an Nexö vorbeiführt«, befahl Henry du Valle.

Er wollte den Hafen innerhalb der dänischen Hoheitsgewässer passieren. Die Grenze der Hoheitsgewässer wurde allgemein durch die maximale Kanonenreichweite von ungefähr drei Seemeilen definiert. Henry war jedoch bekannt, dass der Hafen von Nexö lediglich über eine kleine Signalkanone mit deutlich geringerer Reichweite verfügte, so dass ein Winkeladvokat durchaus damit argumentieren konnte, dass die dänischen Hoheitsgewässer dort endeten, wo die Hoheitsrechte nicht mehr durch Waffengewalt verteidigt werden konnten. Und wegen einer kleinen britischen Handelsbrigg würde Dänemark keinen Streit mit Frankreich riskieren. Somit konnten die französischen Korsaren davon ausgehen, dass ein britischer Handelskapitän auf die Sicherheit der dänischen Hoheitsgewässer vertraute und somit zur leichten Beute wurde.

Langsam segelte die *Clinker* an der Küste von Bornholm entlang. Sie hatte nur das Fockmarssegel und den Klüver gesetzt, ganz so wie es ein vorsichtiger Handelsschiffskapitän bei Nacht bevorzugte. »Sir, wir erreichen Nexö innerhalb der nächsten Viertelstunde«, meldete der Master. »Danke, Mr. Richards. Wir sollten jetzt alle unsere Uniformjacken ausziehen, damit unser schöner Plan nicht an so einer Kleinigkeit scheitert.« Wie auf Stichwort kam Jeeves mit einer alten Jacke an Deck, so dass sich Henry du Valle an Ort und Stelle umziehen konnte.

»Mr. Tobbs, lassen Sie alle Geschütze laden. Die erste Breitseite soll ohne Vorwarnung abgefeuert werden.« »Aye Sir.« Der Geschützmeister verteilte mit seinem Gehilfen die Flanellsäckchen an den Karronaden und den beiden Jagdkanonen und die jeweiligen Geschützmannschaften luden sie. In Kriegszeiten gehörten es auf Schiffen der Royal Navy zur täglichen Routine, den Tag mit geladenen Geschützen zu beginnen, denn man konnte nie wissen, was man sehen würde, wenn die Dunkelheit der Nacht endete. Zwar waren alle Geschütze mit Zündschlössern versehen, doch zur Sicherheit wurde bei jedem Geschütz eine glühende Lunte platziert. Nach kurzer Zeit meldete der Geschützmeister: »Alle Geschütze sind gefechtsbereit, Sir.«

»An Deck, Masten in Sicht«, meldete der Ausguck nun. In der Ferne öffnete sich eine kleine Bucht mit dem Hafen von Nexö. »Mr. Davies, gehen Sie bitte nach oben und berichten Sie, was sie sehen«, befahl Henry du Valle. Der Midshipman enterte flink auf und setzte sein Fernrohr an. Dann meldete er: »Ich sehe einen kleinen Hafen mit Fischerbooten. Davor liegen zwei dreimastige Segelschiffe auf Reede. Segel sind nicht zu erkennen, aber ich vermute, dass es die beiden Lugger sind.« »Danke Mr. Davies, kommen Sie wieder herunter.« Henry wandte sich nun an den Bootsmann: »Mr. Johnson, Sie nehmen sich sechs Vollmatrosen und setzen nacheinander das Gaffelsegel und das Großmarssegel. Lassen Sie sich dabei aber bitte Zeit. Wir sind hier schließlich nicht bei der Royal Navy.« Alle lachten.

Der kleine Scherz kam zur rechten Zeit und löste die allgemeine Anspannung ein wenig. Die *Clinker* hatte ihre Feuertaufe zwar bereits hinter sich, doch heute ging es gegen eine feindliche Übermacht. Und während die Royal Navy die feindlichen Kriegsschiffe recht erfolgreich in ihren Häfen blockierte, handelte es sich bei Korsaren meist um see- und kampferprobte Besatzungen, die durch ihren Anteil am Erfolg einer Kaperfahrt zusätzlich motiviert waren.

»An Deck, an Bord der Segelschiffe tut sich etwas. Ich glaube, sie wollen Segel setzen«, meldete der Ausguck. Henry du Valle und der Master sahen sich zufrieden an. Der erste Teil des Plans schien aufzugehen. Nun konnte der Tanz beginnen.

22

An Bord der Kanonenbrigg *Clinker* waren alle Augen auf die beiden Segelschiffe gerichtet. Inzwischen konnte man auch von Deck aus sehen, dass sie ihre Segel setzten und die Anker lichteten. Die erfahrenen Seeleute unter den Beobachtern nickten anerkennend, denn auf beiden Schiffen, die inzwischen als die gesuchten Lugger erkennbar waren, konnte man beste Seemannschaft beobachten.

»Sie verstehen ihr Handwerk«, zollte auch der Master seinen Respekt. Henry du Valle stimmte ihm zu. »Ja, Mr. Richards, wenn sie ebenso gute Artilleristen sind, steht uns ein interessanter Vormittag bevor.« Dann wandte er sich an den Bootsmann: »Mr. Johnson, bitte sorgen Sie dafür, dass sich nur Sie, Ihr Gehilfe und die sechs Segeltrimmer an Deck aufhalten. Alle anderen halten sich unter Deck bereit, die Geschütze auf mein Kommando zu bemannen.« Sofort leerte sich das Vorschiff. Auf dem Achterdeck befanden sich neben Henry und dem Master ohnehin nur Mr. Davies sowie der Quartermaster und sein Gehilfe als Rudergänger.

Innerhalb kürzester Zeit füllten sich die Segel der Lugger und sie nahmen die Verfolgung der *Clinker* auf. Das vorgebliche Ziel der *Clinker* war der britische Konvoi vor Rönne. Dafür hätte die Kanonenbrigg die Südspitze von Bornholm umrunden und dann direkt die Reede von Rönne ansteuern müssen. Das war bei den bestehenden Windverhältnissen nicht möglich. Deshalb erregte es auch nicht den Verdacht der Korsaren, als die *Clinker* auf Kurs Südsüdwest ging, denn nur mit einem weiten Schlag nach Süden war die Reede von Rönne zu erreichen.

Henry du Valle war lange genug auf einem Lugger gefahren, um die unterschiedlichen Segeleigenschaften im Vergleich zur *Clinker* gut einschätzen zu können. Die Lugger waren schneller und konnten härter am Wind segeln als eine Brigg, aber Henry kannte auch ihre Schwächen. Wenn es darum ging, die Richtung zu wechseln, brauchten sie mehr Zeit als ein Kutter oder sogar eine Brigg.

Die *Clinker* befand sich noch deutlich innerhalb der Dreimeilenzone, als der vorderste Lugger einen ersten Kanonenschuss abfeuerte. Wenig später hatte er bis auf Rufweite aufgeholt. »Geben Sie auf!« rief einer der Korsaren durch ein Sprachrohr. Henry du Valle hielt seine Hände an den Mund, um einen ähnlichen Trichter zu formen, und rief zurück: »Wir befinden uns in dänischen Hoheitsgewässern! Stellen Sie sofort das Feuer ein.« Höhnisches Lachen sowie: »Eine letzte Warnung, drehen Sie bei und lassen Sie unsere Prisenbesatzung an Bord«, war die Antwort.

»Mr. Johnson, wir gehen auf den anderen Bug!« rief Henry du Valle. »Aye Sir, alles bereit!« »Mr. Cooper, Ruder drei Strich Backbord!« Der Quartermaster legte Ruder, die Segel wurden herumgeholt und die *Clinker* steuerte auf neuem Kurs. Fast zeitgleich ertönte ein weiterer Kanonenschuss. Ohne die plötzliche Kursänderung wäre die Kugel im Heck eingeschlagen und hätte möglicherweise das Ruder zerstört. »Neunpfünder«, stellte der Master sachlich fest.

Die Lugger änderten ebenfalls ihren Kurs und verloren fast zwei Kabellängen. Um die Geschwindigkeit zu erhöhen, ließ Henry du Valle noch den Außenklüver und das Grossstengestagsegel setzen. Trotzdem holten die Lugger wieder auf. Henry war sich bewusst, dass die Korsaren damit rechneten, dass die nächste Kursänderung der *Clinker* nach Steuerbord erfolgen musste. Ansonsten wäre Rönne fast unerreichbar geworden.

Der vordere Lugger schoss erneut. Die Kugel flog ohne Treffer über das gesamte Deck der *Clinker* und landete vor ihr im Meer. Es wurde Zeit für den Kurswechsel, aber eine kleine Überraschung hatte Henry für die Korsaren parat. Diesmal ließ er die *Clinker* halsen. Durch die Halse liefen die Lugger an der *Clinker* vorbei. So konnte Henry du Valle endlich einen näheren Blick auf die Verfolger werfen. Beide Decks waren voller Männer. Auf einen Enterkampf sollte man sich also lieber nicht mit den Korsaren einlassen. Während die Lugger nun ebenfalls auf den neuen Kurs gehen wollten, segelte die *Clinker* bereits wieder nach Südsüdwest.

Diesmal waren die Lugger weniger weit zurückgefallen. Außerdem änderten sie ihre Taktik, indem sie nun in einer Dwarslinie mit zwei Kabellängen Abstand segelten. So hofften sie, auf die Kurswechsel der *Clinker* besser reagieren zu können. Durch die Verfolgungsjagd befanden sich die Schiffe mittlerweile weit außerhalb der dänischen Hoheitsgewässer. Henry du Valle ließ anluven und zwang so auch die Lugger wieder zu einer Kursänderung. Die *Clinker* gewann aber nur wenig an Vorsprung, denn bei diesem Segelmanöver konnten die Lugger sehr rasch reagieren.

»Mr. Johnson, reffen Sie die Marssegel, aber nur so, dass wir sie schnell wieder setzen können«, befahl Henry. Trotz geringerer Segelfläche lief die *Clinker* nun auf diesem Kurs deutlich schneller. Wie die Lugger führte sie nur noch

Schratsegel. Hinter ihnen wurde Bornholm immer kleiner und verschwand schließlich ganz. Henry ließ die *Clinker* etwas abfallen und die Marssegel wurden wieder gesetzt.

»Land in Sicht, mehr als zehn Seemeilen voraus«, meldete der Ausguck. »Das wird die Küste von Schwedisch-Pommern sein, vermutlich Rügen«, sagte der Master. Die Lugger änderten nun erneut ihre Taktik. Während ein Lugger die unmittelbare Verfolgung fortsetzte, lief der andere direkt weiter in Richtung Rügen. Henry lächelte zufrieden. Jetzt konnte er sich die Lugger einzeln vornehmen. »Mr. Tobbs, lassen Sie die Jagdgeschütze besetzen. Mr. Johnson, klar zur Wende«, befahl er. Sobald die Geschützmannschaften an ihren Kanonen hockten, ließ Mr. Tobbs das Segeltuch von den beiden Geschützluken entfernen. Dann meldete er: »Jagdkanonen sind feuerbereit, Sir.«

Henry du Valle wartete, bis er sich sicher war, dass der Lugger in Kürze wieder feuern würde. Dann gab er den Befehl zur Wende. Der Lugger feuerte direkt in die Bewegung der *Clinker* hinein. Aber die Franzosen hatten nur mit einem erneuten Anluven gerechnet, während sich die *Clinker* immer weiter nach Steuerbord bewegte, so dass der Schuss fehl ging.

»Mr. Tobbs, feuern Sie, sobald Sie ein Ziel auffassen. Versuchen Sie, einen Mast zu erwischen«, befahl Henry. Während der Bug der *Clinker* durch den Wind ging, erschien vor der Mündung der Steuerbordkanone endlich der Lugger. Mr. Tobbs feuerte die Kanone ab. Er hatte ein wenig zu spät gefeuert, so dass die Kugel den Fockmast knapp verfehlte, aber im vorderen Luggersegel erschien ein Loch. Unmittelbar nachdem er die Steuerbordkanone abgefeuert hatte, wechselte Mr. Tobbs nach Backbord und feuerte das zweite Jagdgeschütz ab.

Zeitgleich eröffnete die Backbordbatterie des Luggers das Feuer. Während die Backbordkanone der *Clinker* ebenfalls das vordere Luggersegel traf, das nun auf der ganzen Länge zerriss, schlugen zwei Kugeln in das Achterdeck der *Clinker* ein. Eine Kugel zertrümmerte einen Teil des Schanzkleides, die andere traf die hinterste Karronade und warf sie um. Da die Karronaden noch nicht besetzt waren, gab es glücklicherweise keine Verletzten an Bord der *Clinker*.

Die *Clinker* setzte ihre Wende fort, bis wieder Kurs Südsüdwest anlag und sie somit im Kreis gesegelt war. Der Lugger war zunächst einmal als Verfolger ausgeschaltet. Bei ihm an Bord versuchte man hektisch, dass zerrissene Segel zu ersetzen. Dabei standen die vielen Enterer den Seeleuten im Weg und verzögerten die Arbeit.

Während die *Clinker* nun wieder in Richtung Rügen segelte, war man an Bord eifrig bemüht, das Schanzkleid notdürftig zu flicken und die Karronade aufzurichten. Dabei stellte sich heraus, dass bei dem Sturz das Zündschloss beschädigt worden war. Ein Ersatz war in der Kürze der Zeit nicht möglich, aber es blieb ja noch die gute alte Lunte.

Während der beschädigte Lugger weit zurückfiel, näherte sich nun der andere Lugger auf einem Abfangkurs. Er wollte verhindern, dass sich ihre Beute in schwedische Hoheitsgewässer rettete, die allerdings noch weit entfernt waren.

Henry du Valle befahl nun alle Mann an Deck. Er ließ die Segeltücher von der Reling entfernen und die Karronaden bemannen. Jetzt ging es ums Ganze. Der Lugger musste niedergerungen werden, um anschließend auch den anderen Lugger endgültig ausschalten zu können. Mit einem ersten Schuss aus der Bugkanone eröffnete der Lugger das Gefecht. Der Schuss lag viel zu kurz.

»Mr. Tobbs, antworten Sie mit der Backbordkanone«, befahl Henry du Valle. Der Schuss ertönte und die Kugel prallte gegen den Steuerbordbug des Luggers, knapp oberhalb der Wasserlinie. Ein Vierundzwanzigpfünder hatte eine größere Reichweite als die Neunpfünder der Korsaren. Allerdings war auf diese Entfernung die Durchschlagskraft der Kugel nur noch gering. Es war kein Schaden am Rumpf des Luggers entstanden.

»Jetzt weiß er, dass wir einen Reichweitenvorteil haben und wird versuchen, sich uns so rasch wie möglich zu nähern«, sagte Henry du Valle zum Master. »Aye, Sir, und wenn er nah genug ist, bekommt er eine Kostprobe aus unseren Karronaden«, antwortete dieser. »Mr. Davies, geben Sie an die Geschützführer weiter, dass sie auf den Rumpf zielen sollen, sobald es soweit ist. Wir werden mit der Backbordbatterie beginnen«, befahl Henry.

»Backbordkanone ist feuerbereit, Sir«, meldete Mr. Tobbs. »Danke Mr. Tobbs, feuern Sie nach Belieben.« Die Bugkanonen auf dem Lugger und der *Clinker* wurden fast gleichzeitig abgefeuert. Der Schuss des Luggers lag diesmal näher, aber noch immer zu kurz. Die Kugel der *Clinker* traf erneut den Steuerbordbug und blieb in den Planken stecken. »Das war ein toller Schuss, Mr. Tobbs«, lobte Henry.

Der dritte Schuss des Luggers riss den Außenklüver der *Clinker* weg, während Mr. Tobbs diesmal sein Ziel verfehlte. Der Schuss lag zu hoch und landete hinter dem Lugger im Meer. »Mr. Cooper, sobald ich Ihnen den Befehl gebe, luven Sie an und gehen auf Parallelkurs zum Lugger. Achtung, Mr. Johnson, wir luven gleich an.« Der Lugger rauschte von Backbord immer näher heran. Schon konnte man das dicht bevölkerte Deck erkennen.

Mr. Tobbs gab seinen vierten Schuss ab. Die Kugel traf den Steuerbordanker des Luggers. Der Lugger antwortete erst eine halbe Minute später. Seine Kugel ging durch das Fockmarssegel der *Clinker*, richtete aber keinen weiteren Schaden an.

»Anluven, Mr. Cooper!" rief Henry du Valle. Die Brigg drehte nach Steuerbord und befand sich nun auf demselben Kurs wie der Lugger, der aber noch eine halbe Kabellänge zurück lag. Mr. Davies lief an der Backbordbatterie entlang, half beim Richten der Karronaden nach Achtern und meldete dann: »Backbordbatterie ist feuerbereit, Sir.« »Feuer!« Mit dem für Karronaden typischen trockenen Bellen feuerte die Backbordbatterie ihre tödlichen Ladungen auf den Lugger ab. Drei der Kugeln lagen zu kurz, aber zwei Kugeln rissen dem Lugger den Klüverbaum weg. Damit war die Stabilität des Fockmasts gefährdet und der Lugger musste beidrehen.

Zeitgleich feuerte die Steuerbordbatterie des Luggers. Die meisten Kugeln versanken vollkommen harmlos im Meer, aber zwei Kugeln flogen über das Deck der *Clinker*. Eine riss Mr. Davies den Kopf ab, die andere warf eine Karronade der Steuerbordbatterie um, wobei ein Seemann verletzt wurde. Für einen Moment starrte Henry du Valle entsetzt auf den kopflosen Körper, der soeben noch ein hoffnungsvoller junger Mann gewesen war. Dann riss er sich von dem Anblick los. Zunächst galt es, das Gefecht zu gewinnen. Nur so konnte er weitere Verluste vermeiden. Die Zeit für Trauer würde später kommen.

Henry du Valle ließ die *Clinker* wenden. »Jetzt ist die Steuerbordbatterie an der Reihe!« rief er, als sich die Kanonenbrigg dem Lugger wieder näherte. Dort war man hektisch bemüht, die Kanonen wieder zu laden. Die Korsaren waren noch nicht fertig, als die *Clinker* auf gleicher Höhe war. »Feuer!« rief Henry du Valle. Die vier verbliebenen Karronaden und die Steuerbordkanone feuerten. Diesmal fanden alle Kugeln ihr Ziel. Zwei Kugeln rissen große Löcher in den Rumpf des Luggers. Die anderen Kugeln pflügten blutige Schneisen über das Deck und warfen Kanonen um. Die *Clinker* musste nun halsen, um einen weiteren Angriff auf den Lugger fahren zu können. Deshalb war sie mehr als eine Seemeile vom Lugger entfernt, als sie endlich wieder Kurs auf ihn nehmen konnte.

Auch für den Lugger war das Gefecht noch nicht vorbei. Er wollte eine Wende fahren und segelte sich dabei fest, weil durch die Lecks im Rumpf bereits viel Wasser eingedrungen war und er deshalb viel träger als gewohnt auf das Ruder reagierte. Die *Clinker* kam schnell heran. Henry erkannte seine Chance auf einen *Coup de grâce*[35] und ließ die *Clinker* nach Backbord abfallen. »Steuerbordbatterie geschützweise feuern«, befahl er. Während die Kanonenbrigg das Heck des Luggers passierte, wurde Kugel um Kugel in sein Heck gefeuert.

---

[35] Gnadenstoß

Nun ging alles ganz schnell. Durch das zerstörte Heck drang das Wasser ungehemmt in den Rumpf des Luggers ein, der über das Heck in den Fluten versank. Henry ließ Fässer und Holzplanken über Bord werfen, um den Schiffbrüchigen etwas Halt zu bieten. Dann wurden die Boote bemannt. Als sie zur *Clinker* zurückkehrten, hatten sie nur elf Franzosen an Bord. Alle anderen Männer waren bei dem raschen Untergang des Luggers mit in die Tiefe gerissen worden.

Unter den Geretteten befand sich der erste Maat des Luggers. Er wurde in der Kammer von Mr. Davies untergebracht. Die anderen Korsaren wurden in Eisen gelegt und unter Deck geschafft. Henry du Valle hätte eigentlich zufrieden sein können. Er hatte den ersten Lugger ausgeschaltet, doch mit dem Tod von Midshipman Raimond Davies war dieser Erfolg viel zu teuer erkauft.

23

Henry du Valle blieb nicht viel Zeit, seinen Gedanken nachzuhängen. Noch war ja ein Lugger auszuschalten. Vom Achterdeck aus konnte er ihn nicht sehen. »Ausguck, wie peilt der andere Lugger?« fragte er nach oben. »Genau in Steuerbord, Sir, Entfernung ungefähr zehn Seemeilen.« »Mr. Johnson, klar machen zur Halse. Mr. Cooper, wir halsen auf mein Kommando.« bellte er heiser seinen nächsten Befehl. Wenig später meldete Mr. Johnson seine Bereitschaft. »Mr. Cooper, wir halsen, neuer Kurs Nordnordost«, befahl Henry. »Aye Sir, neuer Kurs Nordnordost.«

Die Kanonenbrigg ging mit dem Heck durch den Wind. Auf dem neuen Kurs würde sie auf den Lugger treffen. Zugleich war es die direkte Ansteuerung nach Rönne. Nach zehn Minuten konnte der Lugger auch von Deck aus gesehen werden. Offenbar hatte er am Fockmast nur ein Notsegel setzen können. Die Besatzung der *Clinker* nutzte die Zeit der Annäherung, um das Deck aufzuklaren, die umgestürzte Karronade aufzurichten und einen neuen Außenklüver zu setzen. Im Hochgefühl des soeben errungenen Sieges gingen alle Arbeiten sehr schnell voran. Als sich die beiden Schiffe bis auf drei Seemeilen angenähert hatten, war die *Clinker* wieder voll einsatzbereit.

Auf dem Lugger schien man plötzlich zu zögern. Offenbar hatte man vom Untergang des anderen Luggers nichts mitbekommen und suchte ihn nun. Dazu passte auch, dass der Lugger leicht abfiel, um freie Sicht auf das Seegebiet hinter der *Clinker* zu bekommen. Um den Kapitän des Luggers weiter unter Druck zu setzen, befahl Henry du

Valle: »Mr. Tobbs, feuern Sie mit der Steuerbordkanone, sobald der Lugger in Schussweite ist.«

Der erste Schuss traf den Fockmast des Luggers, prallte aber ab und fiel auf das Deck des Luggers. Irgendwelche Schäden konnte Henry du Valle nicht erkennen. In fieberhafter Eile wurde die Kanone nachgeladen. Bevor Mr. Tobbs einen zweiten Schuss abfeuern konnte, feuerte der Lugger seine Bugkanone ab. Die Kugel hüpfte über das Wasser und traf die Steuerbordkanone, die aus ihrer Lafette gerissen wurde. Der Seemann, der gerade dabei war, die Pulverladung im Rohr festzustopfen, wurde dabei von der Kugel förmlich zerrissen und stürzte tot ins Meer. Mr. Tobbs und der Rest der Geschützbedienung blieb wie durch ein Wunder unverletzt.

»Kanone sichern«, befahl Henry, denn das Kanonenrohr drohte, unkontrolliert über das Deck zu rollen. An ein Aufrichten der Kanonen war momentan nicht zu denken, denn dazu hätte man die Fockrah als Kran benutzen müssen. Stattdessen wurde das Rohr gesichert und die Lafette aus dem Weg geräumt, um die Backbordkanone nach Steuerbord zu schaffen. Mit zehn Mann unter Führung des Geschützmeisters ging das recht schnell. Doch zunächst feuerte der Lugger einen weiteren Schuss ab. Dieser traf das Schanzkleid zwischen zwei Karronaden. Die Splitter trafen zwei Seeleute. Einer wurde unter Deck geschafft, der andere verblutete in kürzester Zeit, weil seine Halsschlagader zerfetzt worden war.

Endlich konnte die *Clinker* wieder antworten. Der Schuss der Bugkanone riss das Klüversegel des Luggers weg. Inzwischen hatten sich die Schiffe so weit angenähert, dass sie ihre Breitseiten einsetzen konnten. »Steuerbordbatterie Feuer!« rief Henry du Valle. Die Karronaden wurden fast zeitgleich mit den Kanonen des Luggers abgefeuert. Die Breitseite des Luggers riss beide Marssegel weg. Die Großmarsrah krachte auf das Deck und begrub einige Männer unter sich. Zwei von ihnen mussten mit Knochenbrüchen unter Deck gebracht werden, die anderen kamen mit leichten Blessuren davon. Die Breitseite der *Clinker* schlug krachend auf dem etwas tieferliegenden Deck des Luggers ein, riss Kanonen um und tötete Männer.

»Mr. Johnson, klar zur Halse«, befahl Henry. Der Bootsmann hob bestätigend die Hand. »Halse!« Mr. Cooper und sein Gehilfe legten das Ruder und die *Clinker* schwang nach Steuerbord herum. Auf dem Lugger schien es Probleme mit dem Segelmanöver zu geben. Er versuchte eine Wende, brach das Manöver aber sofort wieder ab. Im Moment lief er etwas schneller als die *Clinker*. »Mr. Johnson, Focksegel setzen.« Die Toppgasten stürmten nach oben und machten das Segel los. Es entfaltete sich und wurde dichtgeholt. Jetzt machte die *Clinker* deutlich mehr Fahrt und holte auf. Henry ließ die *Clinker* leicht abfallen, damit die Bugkanone ein Ziel fand. Der Schuss riss das kleine Besansegel in Stücke. Der Lugger verlor Geschwindigkeit und die *Clinker* konnte weiter aufholen. Sobald der Lugger in Reichweite der Karronaden war, ließ Henry erneut eine Breitseite abfeuern. Auch diese schlug auf dem Deck des Luggers ein. Der Lugger antwortete mit zwei schlecht gezielten Schüssen, die lediglich einige Taue zerrissen.

Henry du Valle rief: »Mit Kartätschen nachladen!« Sobald die Breitseite wieder feuerbereit war, wandte er sich hinüber zum Achterdeck des Luggers. »Ergeben Sie sich!« Ein

Mann mit blauer Uniformjacke hinkte zum Flaggenstock und holte die Trikolore ein.

Henry du Valle wollte gerade Mr. Davies befehlen, den Lugger in Besitz zu nehmen, als ihm die traurige Realität wieder einfiel. Deshalb befahl er dem Quartermaster und Sergeant Smithers, mit einigen Soldaten und Seeleuten zum Lugger überzusetzen. Die Prisencrew übernahm den Lugger. Die Besatzung wurde in Gewahrsam genommen und der einzige Offizier auf die *Clinker* geschickt.

Der Kommandant des Luggers war etwas älter als Henry. Als er vor ihm stand, überreichte er seinen Degen und sagte: »Gestatten Sie, ich bin Leutnant Marais von der Chasse Marée[36] *Révolution* aus Dunkerque[37]. Vielen Dank, dass Sie sich um unsere Verwundeten kümmern.« »Bitte behalten Sie ihren Degen, Leutnant Marais. Sie haben tapfer gekämpft. Ich bin Leutnant du Valle, Kommandant seiner Majestät Kanonenbrigg *Clinker*.« »Sie sind Franzose?« »Nein, ich komme von der Insel Guernsey.« »Können Sie mir etwas über die Chasse Marrée *Cleopatra* sagen, Leutnant du Valle?« »Sie ist leider gesunken. Es gab nur wenige Überlebende.« Leutnant Marais war sichtlich betroffen. »So viele gute Männer, darf ich die Überlebenden sehen?«

Henry führte den Leutnant unter Deck, wo sich der gefangene Maat in der Offiziersmesse befand. Leutnant Marais stürzte auf ihn zu und umarmte ihn. Dann wandte er sich

---

[36] Damals in Frankreich verbreitete Bezeichnung für Lugger
[37] Dunkerque = Dünkirchen, neben Saint Malo damals einer der bekanntesten Korsarenhäfen.

um und sagte: »Danke Leutnant du Valle, Sie haben meinen Bruder gerettet.«

Diese kleine Episode riss Henry du Valle aus seiner einsetzenden Depression. Drei Männer seiner Crew waren heute gestorben und er wusste nicht, ob noch weitere folgen würden. Jetzt war es zunächst an der Zeit, die Toten der See zu übergeben. Einer von ihnen hatte ja bereits sein Seemannsgrab gefunden. Jetzt würden ihm Raimond Davies und Joseph Keegan folgen. Keegan war als Landlubber an Bord gekommen, hatte sich aber als sehr anstellig erwiesen. Wegen seiner Späße war er bei der Mannschaft sehr beliebt gewesen.

Henry ging mit der Bibel in der Hand und in seiner besten Uniform an Deck. Die Mannschaft war bereits angetreten. Die beiden Toten lagen in Segeltuch eingenäht auf zwei Planken. Der Union Jack bedeckte sie. Nachdem Henry du Valle einige Bibelstellen vorgelesen und ein Gebet gesprochen hatte, wurden die Planken angehoben und die beiden Leichname versanken im Meer.

24

Nach dieser kurzen, aber trotzdem ergreifenden Zeremonie machten sich die beiden Schiffe auf den Weg nach Rönne. Unterwegs wurden die notwendigsten Reparaturen ausgeführt. Am späten Nachmittag erreichten sie die Reede der Bornholmer Inselhauptstadt Rönne. Hier lagen ungefähr fünfzig britische Handelsschiffe vor Anker.

Etwas abseits von ihnen lag seiner Majestät Fregatte *Vestal*, ein Kriegsschiff sechsten Ranges mit achtundzwanzig Kanonen. Da klassifizierte Schiffe von Vollkapitänen[38] befehligt wurden, war der Kommandant der *Vestal* der ranghöchste Marineoffizier vor Ort und somit Henry du Valles Vorgesetzter. Sobald die *Vestal* in Sicht kam, ließ Henry Salut schießen. Die *Vestal* beantwortete den Salut und hisste dann das Signal »Neben mir ankern«.

Die *Clinker* steuerte den zugewiesenen Ankerplatz an. Henry du Valle ließ die Segel backstellen, womit die Fahrt aus dem Schiff genommen wurde und den Anker fallen. Die *Révolution* ankerte neben der *Clinker*. Dann wurde Henry auf die *Vestal* gebeten.

An Bord der *Vestal* lief das übliche Empfangszeremoniell für einen Kommandanten ab, dann wurde Henry in die Kapitänskajüte geleitet, wo ihn Captain White erwartete. Charles White trug eine einzelne goldene Epaulette auf der rechten Schulter, was ihn als Vollkapitän mit einer Dienstzeit unter drei Jahren auswies. Als Mann in der Mitte der

---

[38] Die Bezeichnung Vollkapitän zeigt an, dass der Betreffende nicht nur aus Höflichkeit als Kapitän bezeichnet wird, sondern den Rang tatsächlich besitzt.

Dreißiger war er für einen Fregattenkommandanten schon recht alt, doch seine Erfolge in den letzten zwei Jahren zeigten, dass er noch längst nicht zum alten Eisen gehörte. Die Einrichtung der Kajüte unterstrich den Wohlstand, den ihm zahlreiche Prisen beschert hatten.

»Leutnant Henry du Valle von seiner Majestät Kanonenbrigg *Clinker* meldet sich zur Stelle, Sir«, sagte Henry du Valle zur Begrüßung. »Herzlich willkommen Captain du Valle. Was führt Sie zu mir?«, antwortete Captain White. »Sir, ich hatte ursprünglich den Befehl, Sie vor Skagen zu erwarten. Dabei sichtete ich zwei französische Lugger auf dem Weg in die Ostsee und nahm die Verfolgung auf.« White wies mit dem Arm in Richtung Heckfenster, wo die französische Prise zu sehen war. »Und wie ich sehe, haben Sie einen der Lugger erobert.« Henry nickte, nicht ohne Stolz, und ergänzte: »Ja Sir, der andere Lugger wurde heute Vormittag von uns versenkt.« Sein Gegenüber antwortete mit einem anerkennenden Nicken, begleitet von einem freundlichen Lächeln: »Sehr schön, Captain du Valle, ich glaube, unter diesen Umständen wird Ihnen der Admiral keine Schwierigkeiten machen. Sie waren zwar übereifrig, aber Sie waren dabei überaus erfolgreich und das allein zählt. Was mich betrifft, sind Sie und Ihre Schiffe mir mehr als willkommen. Höchstwahrscheinlich werden diese beiden Lugger nicht die einzigen sein, die auf leichte Beute aus sind. Es ist ja leider kein Geheimnis, dass die Ostseekonvois trotz der Bedeutung für unsere Werften nur von einzelnen Fregatten eskortiert werden. Mit Ihnen und Ihrer Prise rechnen die Korsaren nicht, was von großem Vorteil für uns sein kann.« »Vielen Dank für ihre günstige Beurteilung, Sir.« Der dienstältere Captain winkte ab.

»Papperlapapp, Captain du Valle, Sie sind mir hier mehr als willkommen. Seien Sie mein Gast zum Dinner.«

Natürlich kam die Einladung durch einen Vorgesetzten einem Befehl gleich. Trotzdem verlebte Henry du Valle einen überaus angenehmen Abend an Bord der *Vestal*. Captain White erwies sich als ausgezeichneter Gastgeber. Das Essen war sehr gut, obwohl sich Henry erst an die exotische Zubereitung der Speisen gewöhnen musste. Schon als Leutnant hatte Captain White auf der *Vestal* gedient und dabei zwei Reisen nach Indien mitgemacht. Von der zweiten Reise brachte er sich einen indischen Stewart mit, der jetzt auch einen sehr guten Kapitänskoch abgab. Daneben wusste Captain White auch viele interessante Dinge von seinen Reisen zu berichten, so dass die Zeit wie im Fluge verging.

Zum Abschied wurde Captain White noch einmal dienstlich. Er sagte: »Captain du Valle, ich konnte schon bevor Sie ankerten sehen, dass Ihr heutiges Gefecht nicht ganz spurlos an Ihrer *Clinker* und der Prise vorbeigegangen ist. Kann ich Ihnen irgendwie behilflich sein?« Henry war erleichtert, dass diese Frage noch kam; er hatte Skrupel, von sich aus um Hilfe zu bitten. »Ehrlich gesagt, ja Sir. Mein Zimmermann wird sich bestimmt über jede Hilfe freuen. Das ist jedoch nicht mein einziges Problem. Die Besatzung einer Kanonenbrigg ist recht sparsam bemessen. Wir sind im Grunde nicht darauf eingerichtet, Prisen zu erobern, denn uns fehlen die Männer, sie entsprechend zu besetzen. Hinzu kommt, dass ich heute meinen Midshipman verloren habe, der an Bord die Funktion des ersten Offiziers innehatte. Wenn Sie mir also in dieser Angelegenheit aushelfen können…« »Das ist doch keine Frage, Captain du

Valle, natürlich helfe ich Ihnen gern aus dieser Verlegenheit. Lassen Sie uns morgen darüber reden.«

Captain White war kein Mann großer Worte. Er war ein Mann der Tat, wie Henry am nächsten Morgen erfahren sollte. Während er noch beim Frühstück saß, legte ein Boot von der *Vestal* an. Wenig später stand ein junger Mann von Anfang zwanzig in seiner Kajüte. »Midshipman Joseph Townsend meldet sich abkommandiert von Seiner Majestät Schiff *Vestal*, Sir.«

Er überreichte ein Schreiben. Henry du Valle erbrach das Siegel und las:

Mein lieber Captain du Valle,

nachdem Sie mir gestern Ihre Notlage geschildert haben, akzeptieren Sie bitte Mr. Townsend als Ersatz für ihren gefallenen Kameraden. Er ist gut genug ausgebildet, schon bald seine Leutnantsprüfung abzulegen und sollte also mehr Hilfe als Ballast für Ihre Clinker sein.

Hinsichtlich Ihrer Prise halte ich es für angemessen, ihr einen etwas gottesfürchtigeren Namen zu geben. Deshalb stelle ich sie in meiner Eigenschaft als ranghöchster Offizier in der Ostsee als seiner Majestät Lugger Prayer in Dienst. Ohne blasphemisch klingen zu wollen, erscheint mir dieser Name mehr als passend, sind doch durch Ihr Erscheinen meine Gebete erhört worden.

Als Kommandant setze ich meinen zweiten Leutnant Obadiah Newell ein. Er ist ein fähiger Mann, nur leider etwas gehandikapt durch eine alte Verwundung und vollkommen ohne Beziehungen. Ich hoffe, die Ernennung hilft seiner Karriere etwas auf die Sprünge. Zugleich werde ich einige Seeleute als Besatzung der Prayer abkommandieren, so dass Sie wieder auf Ihre Sollstärke kommen.

Ich beabsichtige, die Kapitäne der uns anvertrauten Handelsschiffe morgen bei mir zu versammeln, um sie schon einmal auf meine Anforderungen im Konvoidienst vorzubereiten. Ihre Anwesenheit dürfte dabei hilfreich sein. Kommen Sie doch um fünf Glasen in der Nachmittagswache auf die Vestal.

Herzlichst

Ihr ergebener Freund

Charles White, Esquire

Erfreut über die freundlichen Zeilen und deren Inhalt faltete Henry den Brief zusammen und sagte dann: »Sie sind mir herzlich willkommen, Mr. Townsend.«

25

Henry du Valle erreichte die *Vestal* pünktlich zum befohlenen Zeitpunkt. Er wurde wieder mit allem Pomp empfangen und anschließend in die Kapitänskajüte geleitet. »Da sind Sie ja, Captain du Valle«, sagte Captain White zur Begrüßung, »Darf ich Ihnen Captain Newell von der *Prayer* vorstellen.« »Es ist mir eine Ehre, Sir«, erwiderte Henry mit einer angedeuteten Verbeugung. Der Navy List hatte er entnommen, dass Leutnant Newell sein Offizierspatent bereits 1781 erhalten hatte und somit im Rang über ihm stand, obwohl er das kleinere Schiff befehligte. Obadiah Newell erwiderte die Verbeugung ein wenig linkisch. Der Grund dafür war eine Fußprothese, die seine Beweglichkeit etwas einschränkte, obwohl er sich ganz offensichtlich nichts anmerken lassen wollte.

Er gehörte zu den zahllosen Leutnants in der Royal Navy, die Jahr für Jahr in treuer Pflichterfüllung ihren Dienst taten, ohne jemals mit dem nächsten Schritt auf der Karriereleiter belohnt zu werden. Manch einer verbitterte oder gab sich dem Alkohol hin. Andere hingegen ergaben sich nicht in ihr Schicksal, sondern hörten niemals auf zu kämpfen. Zu letzterer Kategorie gehörte Leutnant Newell, der mit seiner Verletzung längst das Recht auf einen Ehrensold erworben hatte. Jetzt hatte er endlich ein eigenes Kommando, auch wenn es voraussichtlich zeitlich begrenzt war.

Captain White hatte die beiden Kommandanten etwas früher als die Handelsschiffkapitäne zu sich gebeten, um ihnen seine Vorstellungen schon vorab zu erläutern. So konnten sie ihm später behilflich sein, falls es Probleme mit den Zivilisten geben sollte. Kurz nach Henry du Valle kam noch der Master der Fregatte *Vestal* in die Kajüte und die Beratung konnte beginnen. Mr. Sanders breitete eine Karte der westlichen Ostsee auf dem großen Tisch aus. Da in den nächsten Tagen keine Wetteränderung erwartet wurde, hatte er bereits den voraussichtlichen Kurs des Konvois eingezeichnet.

»Sir, bei den gegenwärtigen Windverhältnissen sind wir zum Kreuzen gezwungen, um den Sund zu erreichen. Kurze Schläge verbieten sich dabei von selbst,« erläuterte der Master seine Eintragungen. »Richtig, Mr. Sanders, wir sollen die Handelsschiffe schließlich schützen und nach Möglichkeit verhindern, dass sie sich gegenseitig versenken«, warf Captain White ein. In die allgemeine Heiterkeit fuhr Mr. Sanders fort: »Es bleibt also ein weiter Schlag bis vor die Küste von Rügen und von dort die direkte Ansteuerung der Einfahrt in den Sund.« »Sehr gut Mr. Sanders. Gentlemen, ich habe mir Gedanken gemacht, wo die Korsaren uns erwarten könnten. Dabei sehe ich zwei Möglichkeiten. Die erste Möglichkeit wären die Gewässer um Rügen. Sie bieten sich förmlich an, weil sie sehr unübersichtlich sind. Allerdings sollten sie die Zugänge nach Stralsund meiden, um keinen Ärger mit den Schweden zu bekommen. Das schränkt die Möglichkeiten dann schon erheblich ein. Captain du Valle hätte sie eigentlich auch sehen müssen, als er die beiden Lugger bekämpfte. Das bringt mich zur zweiten Möglichkeit. Die Insel Moen liegt kurz vor der Einfahrt in den Sund[39]. Die Sundpatrouillen der Dänen fahren nicht so weit in die Ostsee hinein und von

---

[39] Der Öresund zwischen Dänemark und Schweden wurde in Seemannskreisen oft nur der Sund genannt.

Moen aus hat man den Luvvorteil.« »Mit allem Respekt, Sir, wir sollten die Ostküste von Falster und den Groensund nicht außer Acht lassen«, wandte Henry du Valle ein. »Vollkommen richtig, Captain du Valle, aber das geht ja auch alles ineinander über«, antwortete Captain White, »Deshalb werden wir unsere Marschordnung danach ausrichten. Zugleich sollten wir uns bewusst sein, dass die Anwesenheit der beiden Lugger hinter Bornholm Teil eines größeren Plans gewesen sein können.« »Sir, Sie denken, die beiden Lugger sollten die Treiber sein?« vergewisserte sich Henry. »Richtig, Captain du Valle, wenn ich die Korsaren befehligen würde, dann wären sie die Treiber.« »Und wo würden Sie den Konvoi erwarten, Sir?« »Dafür kommt eigentlich nur die Nordsee in Frage, denn in der westlichen Ostsee ist die Gefahr groß, dass man dänische oder schwedische Hoheitsgewässer verletzt. Für ein paar Prisen ist das sicher kein Problem, wenn man aber den ganzen Konvoi abfangen will, schon eher.«

Schließlich legte Captain White fest, dass der Konvoi aus vier nebeneinander segelnden Kolonnen bestehen sollte. Da die Hauptgefahr nun von vorn drohte, würde die Fregatte *Vestal* die Führung des Konvois übernehmen. Die *Clinker* sollte an der Backbordseite fahren. Mit ihrem versenkbaren Kiel war sie am besten für die teilweise seichten Küstengewässer um die Insel Rügen und vor der dänischen Küste geeignet. Zugleich hätte sie bei der Ansteuerung des Öresunds den Luvvorteil und könnte an jeder Stelle im Konvoi aushelfen. Der Lugger *Prayer* würde am Ende des Konvois segeln und eventuelle Nachzügler zu mehr Eile antreiben.

Henry du Valle hatte den Eindruck, dass Captain White sein Geschäft sehr gut verstand. Ganz offensichtlich war das nicht sein erster Konvoi. Das zeigte sich auch, als die Kapitäne der Handelsschiffe nach und nach eintrafen. Einige von ihnen schienen alte Bekannte zu sein. Captain White wechselte mit ihnen ein paar private Worte.

Dann war die Versammlung endlich vollzählig und Captain White legte seine Pläne dar. Er begann mit einem Hinweis auf einen möglichen Hinterhalt der französischen Korsaren. Damit gewann er augenblicklich die allgemeine Aufmerksamkeit. Nachdem alle Regularien für das Verhalten im Konvoi durchgesprochen waren, verkündete Captain White abschließend, dass der Konvoi am übernächsten Morgen aufbrechen würde.

Henry blieb noch an Bord der *Vestal*, als sich die Versammlung wieder aufgelöst hatte. Für ihn gab es noch ein wichtiges Problem zu klären. »Sir, haben Sie schon eine Entscheidung bezüglich der Gefangenen getroffen?«, fragte er. »Ja, Captain du Valle, ich halte es für die beste Lösung, die Gefangenen morgen an Land zu setzen. Sollen sich doch die Dänen mit ihnen abplagen, oder sie ganz einfach ignorieren.«

Henry du Valle kehrte auf die *Clinker* zurück, wo er die Brüder Marais und Mr. Townsend zum Dinner einlud. Jeeves hatte die Zeit genutzt und in Rönne frische Lebensmittel eingekauft. So konnte Henry ein Mahl servieren lassen, dass selbst hohen Ansprüchen genügte. Nach dem Dinner kreisten die Portweinflaschen und das formale Essen wurde zu einem entspannten Beisammensein. Schließlich sagte Henry du Valle: »Nun meine Herren, es war mir ein

Vergnügen, Sie an meiner Tafel begrüßen zu dürfen. Leider werden sich unsere Wege morgen trennen.« »Bedeutet das, Sie werden uns morgen freilassen?«, fragte Leutnant Marais. »Ja, wir setzen Sie an Land. Ich glaube nicht, dass Sie mit den dänischen Behörden Schwierigkeiten haben werden.« »Demnach brechen sie in Kürze auf?« erkundigte sich Leutnant Marais. »Ja, wir segeln übermorgen.« »Dann bleibt mir nur, Ihnen für die freundliche Einladung zu danken und eine gute Heimfahrt zu wünschen.« Die Männer erhoben sich und kehrten in ihre Quartiere zurück.

Am nächsten Morgen wurden alle Gefangenen nach Rönne gebracht. Zum Abschied stattete Henry du Valle die Brüder Marais noch mit etwas Bargeld für die Heimfahrt aus. »Vielen Dank, Captain du Valle, das Geld nehme ich nur als Darlehen. Sobald der Krieg vorbei ist, zahle ich es Ihnen zurück«, sagte Leutnant Marais. »Ich hoffe, das wird schon bald sein«, antwortete Henry du Valle. Dann reichten sie sich ein letztes Mal die Hände. »Passen Sie gut auf sich auf«, sagte Leutnant Marais leise. »Bis hinter den Sund sollten wir kaum Probleme haben«, antwortete Henry du Valle. Leutnant Marais sah in überrascht an. »Sie wissen es?« »Es lag auf der Hand«, antwortete Henry du Valle lächelnd.

26

Nachdem alle Gefangenen an Land gebracht waren, begab sich Henry du Valle nochmals an Bord der *Vestal*, um Captain White von der Reaktion des Leutnants Marais zu berichten. »Sir, Sie sprachen gestern über die Möglichkeit, dass uns in der Nordsee ein Hinterhalt erwarten könnte. Inzwischen habe ich von Leutnant Marais eine indirekte Bestätigung dieser Vermutung erhalten«, sagte Henry du Valle. White zog die Augenbraue hoch und fragte: »Was hat er Ihnen erzählt?« »Genau genommen habe ich ihm gegenüber geäußert, dass wir in der Nordsee mit einem Angriff rechnen und er war sehr überrascht, dass uns diese Tatsache bekannt ist.« White nickte verstehend. »Es bleibt natürlich noch die Frage, wie stark der französische Hinterhalt sein wird. Eigentlich erwarte ich kein großes Geschwader, denn den Franzosen wird nur die *Vestal* als Eskorte bekannt sein. Im schlimmsten Fall haben sie auch von der *Clinker* Kenntnis erhalten. Ob sie aber die wahre Kampfkraft der *Clinker* kennen, wage ich zu bezweifeln, denn bisher waren die Kanonenbriggs noch nicht im direkten Einsatz, sieht man einmal von Ihrem Gefecht in der Zuidersee ab.« »Das denke ich auch, Sir. Umso größer wird ihre Überraschung sein.«

Der Rest des Tages wurde an Bord der *Clinker* für weitere Reparaturen und die Vervollständigung der Vorräte genutzt. Bei den Reparaturen im Rigg zeigte sich, dass Mr. Townsend wirklich ein versierter Seemann war. Selbst Mr. Johnson zeigte sich von seinem Können beeindruckt. »Wenn Mr. Townsend jemals die Navy verlassen sollte, presse ich ihn als Toppgasten, Sir«, sagte der Bootsmann zu Henry du Valle. »Ja, Mr. Johnson, wir können Captain

White wirklich für so einen Mann dankbar sein. Er wird einmal einen guten Offizier abgeben.«

Am Abend lud Henry den Midshipman zum Dinner ein, um ihre Bekanntschaft weiter zu vertiefen. Joseph Townsend stammte aus Salcombe, einem kleinen Hafen in Devon. Seine Familie besaß einige Schoner, die bis ins Mittelmeer fuhren, um Früchte und Gemüse von dort nach England zu transportieren. Durch den Krieg waren diese Verbindungen jedoch abgebrochen. Die Schiffe waren bis auf eins, dass als Kaperschiff fuhr, aufgelegt worden.

»Da haben wir viel gemeinsam, Mr. Townsend. Meine Familie betreibt ebenfalls eine kleine Reederei. Allerdings sind wir mehr im Ostseehandel und mit normannischen Austern aktiv.« »Dann kennen Sie die Ostsee bereits, Sir?« fragte Townsend. »Ja, als Kind hat es mich öfter in die Ostsee verschlagen.« Henry du Valle musste schlucken, denn sofort fiel ihm Annika ein. Würde er die Zeit finden, sie in Skagen zu besuchen? Unwillkürlich erinnerte er sich an eine sehr populäre Bemerkung von Admiral Jervis, der sich seit seinem Sieg vor wenigen Monaten nach dem Schauplatz der siegreichen Schlacht Earl St. Vincent nennen durfte. Dieser war nämlich der Meinung, dass ein verheirateter Mann für die Navy verloren war. Seit seinem Wiedersehen mit Annika konnte er verstehen, was der Admiral damit meinte. Plötzlich gab es jemanden in seinem Leben, der ihm viel wichtiger als die ganze Royal Navy war.

»Sir?« fragte Mr. Townsend besorgt; ihm war die plötzliche Abwesenheit seines Kommandanten aufgefallen. »Es ist nichts, Mr. Townsend. Mir fiel gerade ein, was Old Jarvie über verheiratete Offiziere gesagt hat.« Mr. Townsend lächelte und sagte dann: »Pikanterweise ist er ja selbst vor einigen Jahren in den Hafen der Ehe eingelaufen.« Die Männer lachten. Dann erhob Henry du Valle sein Rotweinglas und sagte: »Auf Old Jarvie.« »Ja Sir, auf Old Jarvie.«

Der folgende Morgen bestätigte alle Vorurteile, die man in der Royal Navy gegenüber der »christlichen Seefahrt« hegte, als deren einzig wahre Repräsentanten sich oftmals die Handelsschiffe bzw. deren Kommandanten sahen. Zwar hatte Captain White jedem einzelnen Kapitän genaueste Instruktionen über den Ablauf des Aufbruchs und den jeweiligen Platz im Konvoi zukommen lassen, doch als die *Vestal* das Signal zum Ankerlichten gab, brach ein allgemeines Chaos los. Einige Schiffe waren entgegen den Beteuerungen ihrer Schiffsführer noch nicht aufbruchbereit, andere verfielen in Hektik. Das führte so weit, dass es zu mehreren Kollisionen kam. Glücklicherweise blieben die Schäden gering und es wurde niemand verletzt.

Es war schon später Nachmittag, als jeder seinen Platz im Konvoi gefunden hatte und der Liegeplatz vor Rönne endlich verlassen werden konnte. Die *Vestal* führte den Konvoi an, während *Clinker* und *Prayer* den Konvoi wie Schäferhunde eine Herde zusammenhielten. Da sich die Geschwindigkeit an den schlechtesten Seglern im Konvoi orientierte, ging es nur schleppend voran. So war es für die *Clinker* kein Problem, auf der Leeseite des Konvois auf und ab zu segeln.

Bei Einbruch der Dunkelheit wurden die Segel noch weiter gekürzt. Bei den meisten Offizieren der Royal Navy hätte das zu wütenden Signalen an den Konvoi geführt, doch

Captain White war ein Pragmatiker. Er wusste, dass Signale wie »mehr Segel setzen« von den Kapitänen der Handelsschiffe grundsätzlich ignoriert wurden. Und die geringe Geschwindigkeit hatte zumindest den Vorteil, dass der Konvoi zusammenblieb.

Kurz nach Sonnenaufgang kam die Insel Rügen in Sicht. Von der *Vestal* wurde der Kurswechsel signalisiert. Um dabei Probleme zu vermeiden, hatte Captain White festgelegt, dass die vier Kolonnen nacheinander auf den neuen Kurs gehen sollten. Die Luvkolonne machte den Anfang. Das klappte ohne Probleme. Auch der Kurswechsel der nächsten Kolonne erfolgte planmäßig. Nun war die dritte Kolonne an der Reihe und zunächst schien es, als ob es auch hier keine Probleme geben würde.

Doch plötzlich schloss sich eine Brigg aus der Leekolonne der Bewegung nach Steuerbord an und geriet so in den Kurs einer Ketsch aus der dritten Kolonne. Der Skipper der Brigg wollte zwar seinen Fehler sofort korrigieren, doch die Brigg reagierte zu langsam. Ihr Klüverbaum wurde von der Ketsch abgerissen und auch der Bugspriet schien in Mitleidenschaft gezogen sein. Bei der Ketsch wurde lediglich der Backbordanker aus seiner Halterung gerissen.

Glücklicherweise reagierten jetzt beide Kapitäne richtig. Sie ließen ihre Schiffe aus der Formation ausscheren, so dass keine weiteren Schiffe in Gefahr gerieten. Henry du Valle ließ den Vorfall per Flaggensignal melden und bot an, bei den Havaristen zu bleiben. Die Antwort von Captain White kam rasch: »*Clinker* wieder auf Position – *Prayer* gibt Hilfestellung«. Henry du Valle ließ den Befehl bestätigen. Dann setzte die *Clinker* mehr Segel, um die alte Position wieder einnehmen zu können. Sie befand sich nun zwischen dem Konvoi und dem nächstgelegenen Land. Zunächst war es die Küste von Schwedisch-Pommern und später die dänischen Inseln Falster und Moen. Entgegen den Erwartungen kamen keine Korsarenschiffe in Sicht.

Vor der Einfahrt in den Öresund ließ Captain White den Konvoi beidrehen, um die Nachzügler zu erwarten. Im Laufe der Nacht trafen sie endlich ein. Leutnant Newell meldete, dass auch sie, bis auf ein paar Fischerboote, keine fremden Segel gesichtet hatten.

Am nächsten Morgen lief der Konvoi in den Sund ein. Schon bald kamen die fernen Türme von Kopenhagen in Sicht. Später kamen ihnen zwei Fregatten der dänischen Sundpatrouille entgegen. Man grüßte sich höflich, schenkte sich ansonsten aber keine weitere Beachtung. Die dänischen Kriegsschiffe sorgten für die Sicherheit im Öresund, denn der Sundzoll gehörte zu den wichtigsten Einnahmequellen des dänischen Staates.

Gegen Mittag kam Kronborg in Sicht. Für die Handelsschiffe hieß es nun beidrehen und die Abfertigung durch den dänischen Zoll abwarten. Die Kriegsschiffe konnten frei passieren. Sie segelten voraus nach Skagen. Dort würde sich der Konvoi wieder sammeln. In der Zwischenzeit waren dänische Kriegsschiffe für die Sicherheit der Handelsschiffe verantwortlich, die sehr eifersüchtig darauf achteten, dass niemand ihre Kontrolle über den Sund in Frage stellte.

Henry du Valle war diese Regelung sehr willkommen, denn so konnte er darauf hoffen, Annika noch an diesem Abend in die Arme zu schließen.

27

In der Abenddämmerung gingen die drei Kriegsschiffe bei Skagen vor Anker. Nach einem kurzen Besuch bei Captain White ließ sich Henry an Land rudern. Am Ufer hatten sich einige Schaulustige eingefunden. Henry suchte vergeblich nach Annika. Der Kiel der Kommandantengig fuhr knirschend in den Ufersand. Ein Matrose nahm Henry du Valle in Huckepack und trug ihn an Land. So blieben seine Stiefel trocken und sauber.

Schnellen Schrittes eilte Henry zum Haus der Hanssens. Ihm war bewusst geworden, dass nicht nur Annika am Strand gefehlt hatte. Auch von Vater Hanssen war nichts zu sehen gewesen. Sollten sie wirklich nichts vom Eintreffen der britischen Kriegsschiffe bemerkt haben? Oder war etwas geschehen? Der Gedanke daran schnürte Henry du Valles Herz zusammen.

Endlich kam das Haus in Sicht. In der guten Stube brannte Licht. Was hatte das nur zu bedeuten? War Besuch bei den Hanssens eingetroffen? Henry öffnete die kleine Gartenpforte und schritt zur Haustür. Er klopfte fast zaghaft. Alles blieb ruhig. Nun klopfte er ein wenig kräftiger und hörte kurz daraus im Haus eine Tür klappen. Dann wurde die Haustür langsam geöffnet. Annika stand vor ihm, ganz in Schwarz gekleidet und mit verweinten Augen. Als sie ihn erkannte, fiel sie ihm schluchzend um den Hals.

»Ach, Henry, dass Du endlich da bist!« Henry reagierte zugleich erleichtert und zutiefst besorgt. »Was ist denn passiert, mein Herz?« »Vater, Vater ist vor zwei Tagen von uns gegangen.« »Aber er schien mir doch so gesund und stark«, antwortete Henry du Valle. Annika presste sich fester an ihn und antwortete mit zitternder Stimme: »Wenn es ihm gut ging, dann war er auch so, aber er hatte dieses Fieber aus Westindien mitgebracht. Es kam immer wieder. Diesmal hat es ihn uns genommen.«

Gemeinsam betraten sie die gute Stube. Hier lag Vater Hanssen aufgebahrt. Mutter Hansen und der Pastor saßen bei ihm. Zwei große weiße Kerzen beleuchteten den Raum. Henry umarmte Mutter Hanssen und drückte dem Pastor die Hand. Gemeinsam saßen sie bei dem Toten, gedachten seiner und beteten für ihn.

Kurz nach Mitternacht verabschiedete sich der Pastor. Die drei Trauernden gingen hinüber in die Küche. Mutter Hanssen bereitete eine kleine Mahlzeit zu, die sie schweigend aßen. Als sie fertig waren, fragte Henry du Valle: »Wie wird es mit euch weitergehen? Ist für euch gesorgt?« »Mach dir keine Sorgen, Junge«, sagte Mutter Hanssen. »Holm hat uns ein kleines Vermögen von seinen Fahrten hinterlassen. Nur das Haus müssen wir verlassen, das gehört der Krone.« »Warum zieht ihr nicht nach England oder zu uns nach Guernsey?«, fragte Henry du Valle.

Die Frauen sahen ihn überrascht an. »Wie kommst du darauf?«, fragte Annika. Henry wusste nicht so recht, wie er auf diese Frage antworten sollte. Immerhin befanden sich die Frauen in einer seelischen Ausnahmesituation und er hatte Angst, sie mit seinen Vorstellungen zu überfahren. Schließlich raffte er all seinen Mut zusammen und sagte: »Als ich heute zu euch kam, wollte ich Vater Hanssen um deine Hand bitten, Annika. Ich weiß, dafür ist jetzt nicht der Zeitpunkt. Wenn die Zeit der Trauer vorbei ist, werde ich bei Mutter Hanssen um deine Hand anhalten und ich

wünschte, ihr wäret dann nicht so weit entfernt von mir.«
Annika gab ihm einen Kuss auf die Wange. Mutter Hanssen sagte: »Meinen Segen werdet ihr dann haben. Holm hat sich auch gewünscht, dass aus euch eines Tages ein Paar wird. Für alles andere ist es einfach noch zu früh.« »Ich werde warten und euch unterstützen, so gut ich es kann«, sagte Henry.

Henry du Valle kehrte erst am frühen Morgen auf die *Clinker* zurück. Nachdem er gefrühstückt hatte, rief ihn ein Flaggensignal auf die *Vestal*. Leutnant Newell saß bereits bei Captain White, als Henry eintraf. »Da sind Sie ja, Captain du Valle«, begrüßte ihn Captain White, »Ich habe mir Gedanken über unser weiteres Vorgehen gemacht. Inzwischen wissen wir ja, dass nur die beiden von Ihnen ausgeschalteten Lugger als Treiber fungieren sollten. Vermutlich wollten die Korsaren damit erreichen, dass die *Vestal* am Ende des Konvois fährt, um so an der Spitze und mit dem Windvorteil freie Hand zu haben. Ich denke, wir sollten ihnen diesen Wunsch erfüllen.«

»Aber damit lassen wir die Spitze des Konvois doch ungeschützt, Sir«, entgegnete Henry. »Nur scheinbar, Captain du Valle. Tatsächlich musste ich an ihre Maskerade denken. Es ist ja eine Tatsache, dass man auf See oftmals dazu neigt, genau das zu sehen, was man zu sehen erwartet. Wenn wir unsere Schiffe ein wenig tarnen, gehen sie möglicherweise als Handelsschiffe durch und wir erwischen die Franzosen auf dem falschen Fuß.« »Das dürfte eine böse Überraschung für die Franzosen werden«, sagte Henry du Valle.

Die Maskerade wurde auf beiden Schiffen sofort vorbereitet. Dabei achtete man jedoch streng darauf, dass kein zufälliger Beobachter ihre Absichten erkennen konnte. Endgültig sollte die Tarnung erst nach dem Verlassen von Skagen angebracht werden.

Den Nachmittag verbrachte Henry du Valle bei Annika und ihrer Mutter. Es gab viel zu tun, denn der Leichenschmaus war für den nächsten Tag vorzubereiten. Aber immerhin fanden Annika und Henry du Valle noch Zeit für einen Spaziergang auf die Halbinsel.

Am nächsten Tag versammelte sich die Trauergemeinde auf dem Friedhof von Skagen. Daneben ragte der weiß getünchte Turm der alten Kirche aus den Dünen. Ein großer Haufen alter Backsteinziegel kündete noch von dem ehemaligen Gotteshaus, das erst kürzlich abgerissen worden war, weil es bald unter dem Sand der Dünen verschwinden würde. Nur der Turm blieb auf Geheiß des Königs stehen, denn er war ein wichtiger Orientierungspunkt für alle Schiffe, die Skagen passierten.

Weil es noch keine neue Kirche gab und sich die kleine Kapelle, die vorübergehend als Gotteshaus dienen sollte, noch im Bau befand, wurde der Trauergottesdienst neben dem offenen Grab abgehalten. Der Pastor erinnerte an Holm Hanssen, der als oberster königlicher Beamter ein wichtiger Bürger Skagens gewesen war. Er sprach auch von seinen Verdiensten als Offizier der königlichen Marine und seinen vielen Reisen als Kapitän eines Westindienfahrers. Anschließend sang die Gemeinde »Vor Gud han er saa fast en borg[40]…«, das Lieblingslied des Verstorbenen. Nach dem gemeinsamen Gebet wurde der Sarg schließlich in die Erde gesenkt.

Im Anschluss an die Beerdigung versammelten sich die Honoratioren von Skagen zum gemeinsamen Leichenschmaus im Haus der Hanssens. Da Holm Hanssens Familie in Flensburg lebte, übernahm Henry du Valle die Rolle des Hausherrn. Nachdem sich der letzte Trauergast verabschiedet hatte, schickte sich auch Henry an, das Haus zu verlassen. Als Kommandant musste er auf der *Clinker* übernachten. Am nächsten Morgen würde der Konvoi die Anker lichten und Skagen verlassen.

Henry umarmte und küsste Annika. Dann wandte er sich an Mutter Hanssen. »Wo werde ich euch finden, Mutter Hanssen?« »Ein paar Tage können wir noch hierbleiben, bis der neue Bürgermeister kommt. Danach werde ich in meine alte Heimat zurückkehren. Du findest uns in Deal.«

Annika brachte Henry noch zum Hafen. »Kann ich euch noch irgendwie helfen?«, fragte er. »Nein, Henry, vielen Dank, aber Vater hat wirklich sehr gut für uns vorgesorgt.« Schließlich erreichten sie den Hafen. Ein letzter Kuss, eine letzte Umarmung, dann musste er in die Kommandantengig steigen. Das Boot legte ab und Henry du Valle blickte zurück, bis Annikas Gestalt in der Dunkelheit verschwand.

---

[40] Ein feste Burg ist unser Gott – protestantisches Kirchenlied von Martin Luther

28

Schon bei Sonnenaufgang konnte man vor Skagen hektische Aktivitäten verzeichnen. Die Handelsschiffskapitäne waren über den möglichen Angriff eines Korsarengeschwaders informiert worden, was ihr Interesse an einem geordneten Aufbruch ungemein verstärkte. Von dem Chaos, das noch vor Bornholm geherrscht hatte, war nichts mehr zu sehen. Dabei war der Konvoi inzwischen um einige Schiffe, die in Lübeck Waren geladen hatten, angewachsen.

Vestal und *Clinker* brachen als erste auf. Der Konvoi sollte sich erst hinter dem Kap formieren. Henry du Valle hatte alle Hände voll zu tun, die Kanonenbrigg durch das Gewirr der Ankerlieger zu manövrieren. Trotzdem warf er von Zeit zu Zeit einen verstohlenen Blick zum Hafen hinüber, aber Annika war nicht zu sehen.

Schließlich hatten die beiden Kriegsschiffe auch den letzten Ankerlieger passiert und konnten mehr Segel setzen, um die Halbinsel zu runden. Henry stand mit Mr. Townsend und Mr. Johnson auf dem Achterdeck, um die Anbringung der Maskerade zu besprechen. Die meisten Elemente waren bereits vorbereitet und mussten nur noch an der Reling befestigt werden. Plötzlich sagte Mr. Townsend: »Mit Verlaub, Sir, ich glaube das gilt Ihnen.« Er wies hinüber auf die Spitze der Halbinsel, wo eine einsame Gestalt stand und winkte.

Henry setzte sein Fernrohr an. Tatsächlich, es war Annika. Für einen Moment vergaß er die Würde seines Kommandos und stieg in die Großmastwanten. Er nahm seinen Hut vom Kopf und winkte zurück. Offensichtlich hatte ihn Annika entdeckt, denn sie winkte nun mit beiden Armen.

Urplötzlich wurde Henry du Valle bewusst, was er gerade getan hatte. Er schwang sich zurück an Deck, setzte seinen Hut wieder auf und blickte sehr angelegentlich zur *Vestal* hinüber. Er hatte das Gefühl, knallrot angelaufen zu sein, weshalb er im Moment niemanden anschauen wollte.

Charlie Starr war mit einigen Männern damit beschäftigt, die an Bord genommenen Beiboote mit Segeltuch abzudecken. So würden sie den Anschein von an Deck gestapelter Ladung erwecken. Peter Jones, einer der Bootsgasten, sagte zum Bootssteurer: »Unseren Captain scheint es ja ganz schön erwischt zu haben.« Charlie Starr lächelte und antwortete: »Ein verliebter Kommandant ist bestimmt nicht das Schlechteste, was einer Besatzung geschehen kann.«

Nachdem sich die Kriegsschiffe weit genug von der Halbinsel entfernt hatten, ließ Captain White beidrehen, um die Ankunft der Handelsschiffe zu erwarten. Einige waren ihnen unmittelbar gefolgt, wie er zufrieden feststellte. Jetzt konnte die Tarnung vervollständigt werden. Als sich Captain White eine halbe Stunde später um sein Schiff rudern ließ, wirkte die Fregatte alles andere als kriegerisch. Man konnte den Eindruck gewinnen, dass die wenigen sichtbaren Geschützluken lediglich aufgemalt waren, um potentielle Feinde abzuschrecken. Und die *Clinker* erinnerte ihn an eine dieser zahllosen Kohlenbriggs, die zwischen Nordengland und London verkehrten.

Es dauerte weniger als eine weitere Stunde, bis Henry du Valle die *Prayer* um die Halbinsel herumkommen sah. Sie bildete den Abschluss des Konvois. Die *Vestal* gab das Zeichen zum Aufbruch und holte anschließend alle Flaggen ein. Selbst der Kommandantenwimpel verschwand, um sich auf keinen Fall als Kriegsschiff zu verraten. Auch auf der *Clinker* wurde der Wimpel eingeholt. Einige ältere Seeleute schauten etwas besorgt, denn so etwas hatten sie noch nie erlebt. Lediglich auf der *Prayer* wehten noch alle Flaggen, denn sie stellte ja die offizielle Eskorte dar.

Langsam setzten sich die vier Kolonnen in Bewegung. Die *Vestal* segelte an der Spitze der Luvkolonne, die *Clinker* führte die Leekolonne an. Das Tempo des Konvois wurde jedoch durch die schlechtesten Segler bestimmt, so dass die gesamte Formation geschlossen blieb. Allerdings kam man bei einem Wind, der etwas vorlicher als querab wehte, ohnehin nur sehr langsam voran.

Der Konvoi segelte auf einem südöstlichen Kurs in sicherer Entfernung von der Küste Jütlands. Henry du Valle stand auf dem Achterdeck und suchte mit dem Fernrohr immer wieder den Horizont ab. Der Himmel war bewölkt, doch der Wind riss immer wieder große Löcher in den Himmel, durch den die Sonne das Wasser anstrahlen konnte. Henry fühlte sich von diesem Anblick an Gemälde von Seeschlachten erinnert, auf denen Britanniens Seehelden auch immer unter solch einem dramatischen Himmel kämpften. Sollte das schon ein Vorbote der kommenden Kämpfe sein? Henry war eigentlich ein nüchterner Mann, der nicht an die Vorsehung glaubte, doch diese Szenerie berührte ihn zutiefst.

»An Deck, *Vestal* signalisiert.« Der Ruf des Ausgucks im Fockmast riss ihn aus seinen Grübeleien. Automatisch richtete er das Fernrohr auf die *Vestal*. Dort entfaltete sich gerade das Flaggensignal »Feind in Sicht«. »Mr. Townsend, die *Vestal* signalisiert »Feind in Sicht,« rief Henry seinen neuen Midshipman. »Lassen Sie bestätigen und nehmen Sie das Signal sofort wieder weg.« Auch auf der *Vestal* hatte man das Signal bereits wieder eingeholt.

Henry du Valle suchte den Horizont wieder mit seinem Fernrohr ab. Noch immer war nichts zu sehen. Da meldete sich erneut der Ausguck: »An Deck, Segel in Sicht.« »Wie viele sind es?«, fragte Henry nach oben. »Drei, nein vier Segel. Ich sehe ein Vollschiff, der Rest sind wohl Lugger. Sie kommen uns in Dwarslinien direkt entgegen.«

Damit war kaum ein Zweifel möglich. Schiffe, die offensichtlich einen Abfangkurs fuhren. Das mussten die Korsaren sein!

29

Eine Viertelstunde später konnte man die Segel auch vom Deck aus erkennen, da sich die Franzosen sehr rasch näherten. Mit aller Vorsicht wurde die *Clinker* gefechtsbereit gemacht. Auch auf den Handelsschiffen bereitete man sich auf das Gefecht vor. Das war allerdings eher symbolischer Natur. Bei einem direkten Angriff würden sie höchstwahrscheinlich sofort die Flagge streichen.

Henry du Valle stand vorn am Bug und sah sich die Schiffe ganz genau an. Besonders interessierte ihn dabei das Vollschiff, der vermutlich stärkste Gegner. Aus der gegenwärtigen Perspektive konnte er jedoch nicht erkennen, ob es sich um eine Fregatte oder ein kleineres Schiff handelte. Henry erinnerte sich noch gut an ein Gefecht des Luggers *Aristocrate* gegen eine Korsarenflottille. Diese wurde damals von einem Schiff mit 16 Kanonen angeführt. Die Franzosen nannten diesen Typ Korvette, während er in der Royal Navy als Ship Sloop eingestuft wurde. Das wäre auf jeden Fall ein harter Gegner, auch wenn die *Clinker* ein höheres Breitseitengewicht in die Waagschale werfen konnte, denn vermutlich war das Schiff mit bei den Korsaren sehr beliebten Achtpfündern bewaffnet. Größere Kaliber fanden sich eigentlich nur als Einzelgeschütze auf Luggern.

Jetzt signalisierte die Korvette und alle Korsarenschiffe änderten ihren Kurs. Henry du Valle beobachtete anerkennend, wie rasch und exakt die Manöver ausgeführt wurden. Im Gegensatz zur französischen Marine, die von der Royal Navy blockiert in ihren Häfen lag, waren die Korsarenschiffe fast ständig im Einsatz und entsprechend gut waren ihre Besatzungen ausgebildet. Jetzt konnte Henry auch erkennen, dass es sich bei dem Vollschiff tatsächlich um eine Korvette mit sechzehn Kanonen handelte.

Da sich die Korvette auf der Leeposition der Dwarslinie befand, rechnete Henry ganz fest damit, dass die *Clinker* ihr erster Gegner sein würde. Die drei Lugger hielten auf die anderen Führungsschiffe des Konvois zu.

Der Lugger auf der Luvseite eröffnete das Feuer. Es war ein Schuss vor den Bug der *Vestal*. Die Fregatte zeigte keine Reaktion, weshalb ein weiterer Schuss, nun direkt auf den Rumpf abgefeuert wurde. Die Kugel riss den Backbordanker der *Vestal* weg. Nun ließ Captain White ein wenig anluven und zugleich die falsche Reling wegreißen. Henry du Valle sah, wie die *Vestal* plötzlich in Pulverdampf gehüllt war und hörte mit leichter Verzögerung den Donnerhall einer konzentrierten Breitseite. Der Lugger wurde von den Kugeln förmlich zerrissen. Der vollkommen durchlöcherte Rumpf sank sehr schnell. Henry konnte nicht erkennen, ob es Überlebende gab.

Die Korvette hatte sich der *Clinker* bis auf Musketenschussweite genähert. Man sah im Fockmast die blauweiß gestreifte Flagge von Dünkirchen. Er rechnete jeden Moment mit der Aufforderung, die Flagge zu streichen und beizudrehen. Aber auf der Korvette hatte man jetzt auch erkannt, dass sich die Eskortfregatte an der Spitze des Konvois befand. Man wollte den anderen Luggern zu Hilfe eilen. Da man wegen der nahen *Clinker* nicht wenden konnte, entschloss sich ihr Kommandant zu einer Halse.

Henry erkannte sofort die einmalige Chance, die sich ihm gleich bieten würde. Er rief: »Backbordbatterie besetzen, fertig machen zum Feuern!« Die Männer stürmten den Niedergang hinauf und besetzten die Karronaden. Da sie bereits geladen waren, dauerte es nicht lange, bis die Backbordbatterie feuerbereit war. Mr. Johnson kappte die falsche Reling, während sich die Korvette bereits in einer Drehbewegung befand. Auf der Korvette bemerkte man die Vorgänge auf der *Clinker*. Gleich wäre das empfindliche Heck im Feuerbereich der *Clinker*. Der Kommmandant der Korvette wollte die Drehbewegung abbrechen und ließ gegensteuern, aber die Trägheit der Korvette sorgte dafür, dass die Bewegung zunächst fortgesetzt wurde.

Henry du Valle schrie: »Feuer!« Die Karronaden krachten wie ein Schuss. Gerade las Henry noch den Namen der Korvette, da schlugen bereits die Kugeln in das wunderschön gestaltete Heck mit seinen fünf Glasfenstern ein. Sie zogen eine blutige Schneise über das Deck des feindlichen Schiffes. »Gehacktes Blei nachladen!«, befahl Henry du Valle. Er musste die Besatzung der Korvette unbedingt dezimieren, bevor es zum Enterkampf kam. Sonst hatte die *Clinker* mit ihrer kleinen Besatzung keine Chance.

Überrascht stellte er fest, dass sich die Drehbewegung der Korvette immer weiter fortsetzte. Offenbar war auch die Ruderanlage in Mitleidenschaft gezogen worden. Gleich würde die Steuerbordbatterie der Korvette die *Clinker* als Ziel auffassen können. Plötzlich hörte Henry du Valle weitere Kanonenschüsse. Eines der Handelsschiffe, die hinter der *Clinker* in der Kolonne fuhren, mischte sich mit seinen drei kleinen Bachbordkanonen ein, traf aber nur den Rumpf des Korsarenschiffes, ohne nennenswerten Schaden zu verursachen.

Jetzt feuerte die Korvette. Ihre Kugeln flogen durch die Takelage. Das Fockmarssegel wurde zerfetzt und von oben kam ein Block, der noch an einem Tau hing, geflogen. Er schwang zwischen zwei Geschützbedienungen hindurch, krachte durch die Reling, schwang zurück und erwischte einen der Kanoniere an der Schulter. Eine weitere Kugel fegte einen der Marineinfanteristen von der Großmastsaling. Er stürzte bereits tot an Deck.

Jetzt war die *Clinker* wieder feuerbereit. Auf Henry du Valles Befehl feuerten die Karronaden erneut eine einheitliche Salve ab. Diesmal schlug sie auf dem übervölkerten Deck der Korvette ein. Laute Schmerzensschreie zeugten von ihrer Wirkung.

Die Korvette drehte sich noch immer und kollidierte nun mit der *Clinker*. Sofort sprangen einige Enterer auf das Deck der etwas niedrigeren *Clinker*, konnten aber schnell unschädlich gemacht werden. Henry schnappte sich einen Entersäbel und kletterte über den Bug auf das Deck der Korvette. Hier zeigte sich die verheerende Wirkung der zweiten Breitseite. Überall lagen Tote und Verwundete. Stellenweise war das Deck rot von Blut.

Aber vom Achterdeck kam ein Offizier mit einem Trupp Enterer gerannt. Henrys Männer stellten sich ihnen in den Weg. Er selbst stürmte auf den Offizier ein und schlug mit seinem schweren Entersäbel um sich. Der Offizier versuchte, die Hiebe mit seinem Degen zu parieren, doch der Degen zerbrach. Henry du Valle traf ihn am Hals. Sofort spritze ein starker Blutschwall aus der Wunde, der Henry kurz blendete. Ein Gewehrkolben traf ihn an der Schulter und er stürzte zu Boden. Sofort drängten die Franzosen nach, aber Charlie Starr drängte sie wieder zurück.

Henry rappelte sich wieder hoch, wischte sich mit dem Ärmel der Uniformjacke über die Augen und hatte wieder klare Sicht. Sofort reihte er sich wieder neben seinem Bootssteurer ein. Aus dem vorderen Niedergang kamen weitere Franzosen an Deck. Die Männer von der *Clinker* gerieten immer weiter in die Defensive. Henry wollte schon den Befehl geben, sich auf die *Clinker* zurückzuziehen, als er auf der Höhe des Großmastes eine Bewegung sah.

Mr. Townsend und Sergeant Smithers enterten dort das Deck der Korvette mit einem Trupp aus Marineinfanteristen und Seeleuten. Sofort ließ der Angriffsdruck der Franzosen auf Henrys Gruppe nach. Er erkannte die Chance, erhob den Säbel und rief: »Vorwärts Männer, auf sie!«

Für einen kurzen Augenblick hatte er seine Deckung vernachlässigt. Er sah einen Säbel herniedersausen, den Charlie Starr abwehrte. Aber eine Pike erwischte seine Schulter. Dann traf ihn ein Schlag auf den Kopf und seine Welt verschwand in der Dunkelheit.

30

Es waren wirre Bilder, die ihn umgaben, Kämpfe auf einem blutigen Deck, der Bug eines Schiffs, dass sich durch hohe Wellen kämpfte und immer wieder Annika. Und da war dieser Schmerz in seinem Kopf, mal pochend, fast hämmernd, mal pulsierend, aber immer allgegenwärtig. Schließlich war es dieser immer stärker werdende Schmerz, der ihn wieder zu Bewusstsein brachte.

Henry du Valle öffnete die Augen. Aber hatte er sie wirklich geöffnet? Ihn umgab Dunkelheit. Er sah absolut nichts. Wo war er? Henry versuchte, sich aufzurichten, doch sofort spürte er ein Schwindelgefühl und das Pochen im Kopf wurde stärker. Er gab den Versuch auf. Jetzt begann er, seine Arme zu bewegen. Mit dem rechten Arm hatte er keine Probleme, er konnte ihn frei bewegen. Wenn er den linken Arm bewegen wollte, spürte er einen Schmerz in der Schulter. Mit der rechten Hand tastete er die Schulter ab. Er spürte einen Verband. Dann suchte er nach seinem linken Arm. Gott sei es gedankt, er fühlte den Arm und die Hand. Und er spürte die Berührung.

Was war mit seinen Beinen? Er versuchte, sie zu bewegen. Das klappte ohne Probleme, nur leicht behindert durch die Zudecke. Jetzt rieb er die Füße aneinander und spürte die Berührungen. Wo war er nur und wie kam er hierher? Vorsichtig tastete er seine Umgebung ab, soweit ihm das liegend möglich war. Kein Zweifel, er lag in einer Schwingkoje, er war sich sogar sicher, dass es seine Schwingkoje war.

Er wollte laut rufen, aber sein »Hallo!« war mehr ein Krächzen, das aus seinem Mund kam, zugleich verstärkte sich der Kopfschmerz. Er hörte ein Geräusch, dann drang plötzlich gleißendes Licht in die Dunkelheit ein. Zunächst war Henry du Valle geblendet, doch dann erkannte er, dass er in seiner eigenen Koje lag. Sie war lediglich durch einen Vorhang aus geteertem Segeltuch vom Rest der Schlafkammer abgetrennt worden.

»Wie geht es Ihnen, Sir?«, fragte Jeeves. »Bis auf meinen Schädel ganz gut«, antwortete Henry du Valle. Erleichtert atmete Jeeves auf und meinte: »Doktor Higgins von der *Vestal* sagt, dass Sie eine schwere Gehirnerschütterung haben, Sir. Dagegen hilft nur Ruhe und Dunkelheit.« »Ich brauche etwas gegen meine Kopfschmerzen. Schicken Sie mal Jenkins zu mir.« Jeeves schlurfte davon und kam wenig später mit dem Schiffsarzt der *Clinker* zurück.

»Jeeves sagte mir, dass Sie über Kopfschmerzen klagen, Sir. Das ist nach dem Schlag, den Sie erhalten haben, ganz normal. Mr. Starr meinte, es wäre ein Wunder, dass Ihr Schädel nach dem Hieb nicht zerplatzt ist.« »Was ist eigentlich mit dem Schiff und wo ist der Korsar?« Plötzlich hatte Henry du Valle wieder das Heck der Korvette vor Augen. *Tribun de la plébe* hatte er gelesen, also Volkstribun. Das war wieder so ein absurder Revolutionsname. »Beruhigen Sie sich, Sir, und freuen Sie sich. Kurz nachdem Sie niedergeschlagen wurden, haben sich die Franzosen ergeben. Die Korvette haben wir im Schlepp, bis das Ruder wiederhergestellt ist.«

Diese Botschaft war Balsam für Henrys geschundenen Kopf. »Gottseidank, jetzt geht es mir schon wieder viel besser.« »Zunächst bleiben Sie aber ganz ruhig liegen«, mahnte der Schiffsarzt, »Trinken Sie erst einmal etwas

Wasser. Ich habe einige Tropfen Laudanumtinktur hinzugemischt. Das hilf gegen die Schmerzen und lässt Sie schlafen.« Henry machte eine schwache, abwehrende Handbewegung: »Zuerst sagen Sie mir aber bitte, was mit meiner Schulter und meinem Arm ist.« »Da habe ich gute Nachrichten für Sie, Sir. Doktor Higgins ist sich sicher, dass der Arm nicht in Gefahr ist. Durch die Verletzung der Schulter können Sie ihn in den nächsten Monaten nicht richtig bewegen, aber mit etwas Glück wird das wieder.«

Hastig trank Henry du Valle das angebotene Wasser. Dann wurde der Vorhang wieder zugezogen und er lag in der Dunkelheit. Tatsächlich ließ der Kopfschmerz nach und er fiel in einen traumlosen Schlaf.

31

Während der Konvoi langsam in Richtung England kroch, erholte sich Henry du Valle so weit, dass er zumindest wieder aufstehen konnte. Er ließ einen Stuhl auf das Achterdeck stellen und verbrachte dort die Tage. Nur seine Schulter bereitete ihm immer wieder Probleme. Die Wunde riss immer wieder auf und entzündete sich. Dr. Higgins war fest davon überzeugt, dass eine Heilung nur durch einen ausgedehnten Aufenthalt an Land möglich war.

Der Wind wehte weiterhin konstant aus Westnordwest, so dass sich Captain White entschlossen hatte, einen weiten Schlag nach Norden zu machen, bevor die englische Küste direkt angesteuert werden konnte.

Von Mr. Townsend erfuhr Henry du Valle in der Zwischenzeit weitere Einzelheiten zum Gefecht mit den Korsaren. Henry erinnerte sich, die Flagge Dünkirchens gesehen zu haben. Tatsächlich stammten alle vier Schiffe aus diesem berüchtigten Korsarennest. Die *Vestal* hatte einen Lugger versenkt, woran sich Henry ebenfalls noch erinnerte, während die beiden anderen Lugger die Flucht ergriffen hatten. Die Korvette *Tribun de la plébe* wurde noch immer von der *Clinker* geschleppt. Es stellte sich heraus, dass der Schaden am Ruder so schwerwiegend war, dass er nur in einer Werft behoben werden konnte.

Auf der Höhe von Stavanger kam eine Brigg in Sicht, die sich wohl an der norwegischen Küste versteckt gehalten hatte. Als sie jedoch sah, dass der Konvoi nicht nur von einem Kriegsschiff begleitet wurde, zog sie sich rasch wieder zurück, noch bevor sie von der *Vestal* angesteuert werden konnte.

Am nächsten Tag erfolgte der Kurswechsel in Richtung Yarmouth. Am selben Tag gelang es endlich, ein Behelfsruder an der Korvette anzubringen. Somit war sie nicht mehr auf fremde Hilfe angewiesen. Das Kommando auf der Korvette hatte ein Leutnant Beaumont von der *Vestal*, da von der *Clinker* niemand abkömmlich war. Gemeinsam mit der *Prayer* bildete sie ab sofort die Nachhut des Konvois.

Obwohl ihm seine Schulter weiterhin zu schaffen machte, genoss Henry du Valle nun einige Tage unbeschwerten Segelns. Durch den querab einfallenden Wind machten selbst die schlechteren Segler des Konvois gute Fahrt. Auf der *Clinker* fielen außer der morgendlichen Reinigungsorgie kaum Arbeiten an. Von Zeit zu Zeit mussten nur einige Segel gerefft werden, um dem Konvoi nicht zu weit davonzufahren. Bis auf die Wache hatten die Männer an Bord also genügend Zeit, ihre Kleidung zu waschen und zu verschönern, Schnitzarbeiten auszuführen oder abends zur Fidel zu tanzen.

Henry verbrachte seine Abende meist in der Gesellschaft von Mr. Townsend. Durch ihren sehr ähnlichen familiären Hintergrund fanden sie immer wieder neuen Gesprächsstoff.

Nach einigen Tagen verließen neun Schiffe den Konvoi, um den Humber anzusteuern. Mit diesen Schiffen schien auch das Glück den Konvoi verlassen zu haben, denn der Wind drehte auf Südwest, was nun ein mühsames Kreuzen erforderlich machte. Da sich der Konvoi nur knapp außerhalb der Sichtweite der englischen Küste befand, waren fast stündlich Kurswechsel auszuführen. Mit der

Annäherung an England hatte auch die Disziplin im Konvoi spürbar nachgelassen. Mehrmals kam es zu Kollisionen zwischen Handelsschiffen, die aber alle glimpflich ausgingen.

Zwölf Tage nach dem Aufbruch von Skagen war endlich die Themsemündung erreicht und der Konvoi löste sich auf. Viele der Schiffe nahmen nun Kurs auf London und die anderen Häfen an der Themse. Rund ein Drittel der Handelsschiffe ankerte vor der Nore, um mit einem neuen Konvoi die Fahrt in den Kanal anzutreten.

Die Kriegsschiffe unter Führung der *Vestal* nahmen Kurs auf Sheerness. *Vestal* und *Clinker* standen unter dem Kommando von Vizeadmiral Lutwidge und mussten sich nach der erfolgreichen Ausführung ihrer Befehle zurückmelden. Die beiden Prisen sollten dem Admiral zum Kauf angeboten werden.

Das kleine, zur Hälfte aus Prisen bestehende Geschwader wurde vor Sheerness mit Jubel begrüßt. Überhaupt schien die Stimmung recht ausgelassen zu sein. Aus Zurufen von Schiffen, die sie auf dem Weg zum Flaggschiff passierten, erfuhren sie, dass es vor der holländischen Küste eine Seeschlacht gegeben hatte. Admiral Duncan hatte die Flotte der Batavischen Republik vernichtend geschlagen. Sie würde nun keine Rolle mehr in den Plänen der Franzosen spielen.

Die blaue Flagge des Vizeadmirals Lutwidge wehte auf dem Fockmast eines recht neuen Zweideckers. Er hieß *Zealand*, wie Henry du Valle durch sein Fernrohr erkennen konnte. Die alte *Sandwich* hatte ihre Schuldigkeit getan, zumal sich der Admiral auf dem ehemaligen Flaggschiff der Meuterer ohnehin nicht sonderlich wohl gefühlt hatte.

Nach dem üblichen Salut wurde ihnen von der *Zealand* ein Ankerplatz zugewiesen. Noch während die Anker Halt auf dem Meeresboden suchten, signalisierte die *Zealand* erneut. Die Kommandanten von *Vestal* und *Clinker* sollten an Bord des Flaggschiffs kommen. Natürlich war dieser Befehl erwartet worden. Unmittelbar nach seiner Bestätigung stießen die Boote der Kommandanten von ihren Schiffen ab.

Henry du Valle war etwas nervös, wie der Admiral wohl die recht freie Interpretation seiner Befehle aufnehmen würde. Zwar hatte ihm Captain White öfter erklärt, dass die Handlungen eines Kommandanten in erster Linie nach ihrem Erfolg beurteilt würden, doch je näher er dem Flaggschiff kam, desto fragwürdiger erschien ihm diese Betrachtungsweise.

Jedem Kommandanten stand beim Anbordkommen ein angemessener Empfang zu, auf der *Zealand* gehörte dazu eine kleine Kapelle, die einen schwungvollen Marsch spielte. Captain Parr, der Flaggkapitän, empfing die beiden Kommandanten persönlich. Er und Captain White kannten sich aus Indien. Entsprechend herzlich fiel ihre Begrüßung aus. An Henry du Valle gewandt sagte er: »Captain du Valle, der Admiral möchte zunächst mit Captain White sprechen. Leutnant McNab kümmert sich in der Zwischenzeit um Sie.«

Leutnant McNab, ein rothaariger und rotgesichtiger Schotte, verbeugte sich kurz und geleitete ihn in die Offiziersmesse. Von den anwesenden Offizieren erfuhr Henry weitere Einzelheiten über Admiral Duncans Sieg bei Camperdown. Angebotene Getränke lehnte er dankend ab. Dafür war er einfach zu nervös.

Nach fast einer Stunde ertönte der Ruf »Captain du Valle zum Admiral!«. Henry bedankte sich für die Gastfreundschaft und stieg den Niedergang zum Quartier des Admirals hinauf. Dem Posten der Marines meldete er: »Leutnant du Valle für Admiral Lutwidge.« »Soll eintreten!«, rief eine Stimme von drinnen. Henry du Valle fuhr sich mit der gesunden rechten Hand noch einmal kurz durchs Haar und öffnete die Tür.

32

Henry du Valle hörte Vizeadmiral Lutwidge und Captain White lachen, als er den Raum betrat. Offenbar tauschten sie gemeinsame Erinnerungen aus. Die Royal Navy umfasste zwar hunderte Kriegsschiffe und tausende Offiziere, doch letztendlich war sie wie eine große Familie. Man kannte sich, man unterstützte sich. Schlecht war nur derjenige dran, der noch keine Beziehungen hatte. Mit diesen Gedanken schritt Henry auf die beiden Männer zu, die es sich an einem kleinen Tisch gemütlich gemacht hatten. Vor ihnen standen zwei Gläser mit Rotwein. Außerdem lag vor dem Admiral der Bericht Captain Whites auf dem Tisch.

»Da sind Sie ja, Captain du Valle«, begrüßte ihn Vizeadmiral Lutwidge, der ganz offensichtlich bestens gelaunt war. Er hatte ja auch allen Grund dazu, denn immerhin profitierte er von zwei schönen Prisen, und der Ostseekonvoi, der für Englands Werften so wichtig war, hatte sicher sein Ziel erreicht.

»Setzen Sie sich zu uns und berichten Sie mir von Ihren Heldentaten.« Während sich Henry du Valle kurz sammelte, brachte der Diener des Admirals ein weiteres Glas und goss ihm ebenfalls von dem Rotwein ein. Henry prostete, innerlich erleichtert über den herzlichen Empfang, den beiden anderen Offizieren zu und begann seinen Bericht: »Sir, ich hatte den Befehl, vor Skagen auf den Ostseekonvoi zu warten. Durch Zufall sichtete ich zwei Lugger, die Skagen in Richtung Ostsee passierten. Da ich mir sicher war, dass es sich um französische Korsaren handelte, entschloss ich mich, ihre Verfolgung aufzunehmen.

Letztendlich fanden wir sie östlich von Bornholm und brachten sie dazu, uns in neutrale Gewässer zu verfolgen. Dort konnten wir einen Lugger versenken und den anderen erobern. Anschließend begaben wir uns zur Reede vor Rönne, wo ich mich dem Befehl von Captain White unterstellte. Den Rest kennen Sie vermutlich aus dem Bericht von Captain White.«

Der Admiral nickte lächelnd. »Ja, Captain White hat mir von Ihrem Gefecht mit der französischen Korvette berichtet.« »Darf ich in diesem Zusammenhang die entscheidende Rolle von Mr. Townsend hervorheben«, beeilte sich Henry einzuwerfen, während seine rechte Hand unbewusst den Verband an seiner linken Schulter berührte, »Er eroberte die Korvette, nachdem ich verwundet ausgefallen war.« »Das soll nicht unbemerkt bleiben, Captain du Valle. Wie ich sehe, macht Sie Ihre Verwundung noch immer zu schaffen. Ich werde meinen Leibarzt bitten, sich Ihrer anzunehmen. Am besten bleiben Sie eine Weile an Land, bis Sie wieder vollständig hergestellt sind.« Henry du Valle wolle etwas erwidern, doch der Admiral bedeutete ihm zu schweigen und fuhr fort: »Die *Clinker* geht ohnehin in die Werft. Sie bekommt einen Kupferbeschlag. Das steht momentan für alle Kanonenbriggs ihrer Klasse an.«

Für den Admiral war die Angelegenheit damit erledigt, doch Henry war nur noch von dem Gedanken beherrscht, sein erstes Kommando zu verlieren. Die *Clinker* mochte plump wie eine Kohlenbrigg wirken, aber sie war eine gute Seglerin. Und er liebte sie mit jeder Faser seines Herzens. Der Rest des Gesprächs drehte sich nur noch um private Dinge. Schließlich ließ Vizeadmiral Lutwidge seinen Arzt rufen.

Dr. Jameson war ein erfahrener Schiffsarzt, der im Gegensatz zu vielen seiner Berufsgenossen tatsächlich Medizin studiert hatte und seinen Doktortitel zu Recht trug. »Dr. Higgins hat ausgezeichnete Arbeit geleistet«, stellte er fest, nachdem er sich die Wunde genau angesehen hatte. Henry du Valle musste seinen Arm in verschiedene Stellungen bringen, was ihm teilweise mit Mühe gelang. Sehr oft musste er seine Versuche aufgeben. »Ihr Arm braucht vor allem Ruhe, sonst besteht immer wieder die Gefahr, dass die Wunde erneut aufreißt. Ein Schiff ist für Sie im Moment der ungeeignetste Aufenthaltsort«, fasste Dr. Jameson zusammen. Vizeadmiral Lutwidge nickte bestätigend. »Das habe ich mir auch schon gedacht, Doktor. Captain du Valle, Sie übergeben die *Clinker* an Leutnant Newell und kurieren sich an Land richtig aus. Seien Sie so lange mein Gast. Meine Residenz ist viel zu groß für Mrs. Lutwidge und mich.«

Wie betäubt kehrte Henry du Valle auf die *Clinker* zurück. Trotz all seiner Erfolge war ihm nun das widerfahren, was jeder Offizier der Royal Navy am meisten fürchtete. Wie ein Fisch auf dem Trockenen war er an Land gestrandet. Als er das Fallreep erklomm, stand der Master vor ihm. »Nun, Mr. Richards, Sie bekommen nun endlich Ihre geliebte Kupferung. Und nicht nur das - Sie kriegen auch gleich noch einen neuen Captain dazu.« Richards guckte verdattert und dachte erst, dass sein Kommandant ihn auf die Schippe nehmen wollte. Aber als Henry ihm dann die Neuigkeiten erläuterte, war es traurige Gewissheit, dass seine Zeit unter diesem jungen und erfolgreichen Captain zu Ende war. Auch die Mannschaft nahm die Nachricht von Henrys Ablösung mit Überraschung und sichtlichem

Bedauern zur Kenntnis. Vor Monaten hatte er seiner Mannschaft reichlich Prisengeld versprochen und Wort gehalten. Der holländische Kutter war von der Marine aufgekauft worden und der Ostindienfahrer brachte ein Vermögen ein, das Henry zum reichen Mann machte und selbst den Landlubbern an Bord einen bescheidenen Wohlstand bescherte.

Henry du Valle verbrachte seinen letzten Abend an Bord als Gast der Offiziersmesse. Der Zahlmeister und Schiffsschreiber hatte den Nachmittag genutzt, frische Lebensmittel zu besorgen, so dass das Dinner sehr opulent ausfiel. Als alle satt waren, wurden die Platten mit den Speisen abgeräumt und die Portweinflasche begann zu kreisen. In weinseliger Stimmung erinnerte man sich an die kurze und doch so ereignisreiche gemeinsame Zeit.

Am nächsten Morgen stand Henry früh auf, damit Jeeves genügend Zeit hatte, seine Seekiste zu packen. Als sie schließlich an Deck stand, näherte sich das Beiboot der *Prayer*. Auf den Anruf des Wachhabenden erfolgte die Antwort »*Clinker*«. Damit wurde angezeigt, dass sich der neue Kommandant an Bord befand.

Über das ganze Gesicht strahlend kam Leutnant Newell an Bord und wurde mit dem Zeremoniell, das dem Kommandanten gebührte, empfangen. Nachdem sich alle Unteroffiziere der *Clinker* vorgestellt hatten, wandte sich Leutnant Newell Henry du Valle zu. Dieser sagte: »Willkommen an Bord, Captain Newell. Ich kann mir keinen besseren Nachfolger vorstellen. Darf ich Ihnen Ihr Schiff zeigen?« Newells Gesicht war ein einziges großes Strahlen. »Mit Vergnügen, Captain du Valle.« Im Anschluss an den

Schiffsrundgang erfolgte die förmliche Übergabe in der Kapitänskajüte. Diverse Kontenbücher wurden vom Zahlmeister geschlossen und von beiden Kommandanten abgezeichnet. Dieser Vorgang dauerte mehrere Stunden, da zugleich auch Kopien für die verschiedenen Institutionen der Admiralität angefertigt und beglaubigt werden mussten.

Schließlich war auch der bürokratische Teil des Kommandantenwechsels erledigt und Leutnant Newell würde sich im nächsten Schritt offiziell einlesen, womit er dann auch offiziell der neue Kommandant der *Clinker* wäre. Es war üblich, dass der alte Kommandant zuvor von Bord ging. Henry du Valle und Leutnant Newell hatten vereinbart, dass Charlie Starr und Jeeves ihren alten Kommandanten begleiten würden.

Als die Kommandantengig ein letztes Mal mit Henry du Valle an Bord von der *Clinker* ablegte, füllten sich die Rahen der Kanonenbrigg mit Matrosen und ein dreifaches Hurra scholl über die Reede von Sheerness. Henry du Valle erhob sich und drehte sich um. Mit der gesunden Hand nahm er seinen Hut ab und grüßte zurück. Dann setzte er sich wieder und die Gig strebte dem Hafen von Sheerness zu.

33

Henry du Valle wurde in der Residenz des Admirals mit offenen Armen empfangen. Die Lutwidges waren kinderlos und obwohl Mrs Lutwidge deutlich jünger als ihr Gatte war, umsorgte sie Henry wie eine Mutter. Er nahm an allen Mahlzeiten teil, und wenn das Paar Gesellschaften gab oder Einladungen folgte, war er ganz selbstverständlich mit eingeladen. So wurde er in den Wochen seiner Anwesenheit ein angesehenes Mitglied der Gesellschaft von Kent, obwohl viele Mütter mit Bedauern von Mrs. Lutwidge erfuhren, dass der vielversprechende junge Mann bereits vergeben war.

Abgesehen vom gesellschaftlichen Leben, das im ländlichen Kent eher bescheiden war, verliefen Henry du Valles Tage recht eintönig. Nach dem Frühstück mit der Familie Lutwidge stellte er sich Dr. Jameson vor und unternahm dann ausgedehnte Spaziergänge am Wasser, bei denen er die vor der Nore liegenden Schiffe sehnsüchtig betrachtete. Nach dem Lunch leistete er meist Mrs. Lutwidge Gesellschaft, die eine begeisterte Reiterin war. Auf diesem Gebiet war Henry weniger erfahren, obwohl sein Vater einen gut gefüllten Reitstall besaß. Ihn selbst hatte es schon immer mehr an oder auf das Meer gezogen.

In den ersten Wochen hatte er Mrs. Lutwidge immer mit einem Einspänner begleitet, doch sobald es Dr. Jameson erlaubte, ritt er ebenfalls. So verging die Zeit in Sheerness und die Heilung des Arms schritt gut voran. Schließlich konnte Henry sogar wieder mit Fechtübungen beginnen, die die Beweglichkeit des Arms trainieren sollten. Dabei stand ihm Charlie Starr zur Verfügung.

Charlie Star war es auch, der eine kleine Jolle besorgte, mit der sie den Meadway hinauf segelten. Ihr Ziel war das riesige Gelände des Chatham Dockyards. Hier sollte sich auch die von ihnen eroberte Korvette befinden. Tatsächlich fanden sie das Schiff in einem der Trockendocks. Dort wurde ihre Ruderanlage repariert. Sie legten an und Henry du Valle ging an Land, um die Korvette etwas genauer betrachten zu können. Sicherheitshalber hatte er seine Uniform angezogen, um nicht als Spion verhaftet zu werden. Das wäre jedoch nicht nötig gewesen, denn er traf Mr. Sison, den Leitenden Schiffsbaumeister der Königlichen Werft.

»Guten Tag, Captain du Valle, wollen Sie nach Ihrer französischen Schönheit sehen?«, fragte Mr. Sison, den er bei den Lutwidges kennengelernt hatte. »Leider nur noch Leutnant, Mr. Sison«, antwortete Henry. »Ach, die Zeit wird es schon richten«, sagte Mr. Sison, »Wenn man es erst einmal zum Kommandanten gebracht und sich nicht zu schlecht angestellt hat, haben einen die Herren in London im Blick. Haben Sie nur Geduld.«

Mr. Sison führte Henry du Valle fast durch die gesamte Korvette und wies vor allem auf die Verbesserungen hin, die er veranlasst hatte, um das Schiff besser gegen starke Belastungen zu wappnen. Als Henry du Valle mit der Jolle zurück nach Sheerness segelte, warf er einen sehnsuchtsvollen Blick zurück und beneidete innerlich ihren zukünftigen Kommandanten.

Kurz vor Weihnachten erhielt Henry du Valle einen Brief aus Dänemark. Annika schrieb ihm, dass sie und Mutter Hanssen eine Passage nach England gefunden hatten.

Mutter Hanssen hatte sich zuvor mit ihrem Bruder verständigt, der sie herzlich auf sein Gut bei Deal einlud. Henry überschlug, wann der dänische Konvoi auf Downs Reede eintreffen müsste und erbat sich von Vizeadmiral Lutwidge einige Tage Urlaub, die ihm gern gewährt wurden. Mrs. Lutwidge war weniger erfreut, denn sie hatte sich Henrys tatkräftige Unterstützung bei den Feiertagsvorbereitungen erhofft.

Henry und Charlie Starr ritten auf zwei Pferden aus dem Stall des Admirals. Es war ein sehr angenehmer Ritt über ausgedehnte Weiden. Probleme gab es nur mit der Fähre, die die Insel Sheppey mit dem Festland verband. Die Pferde gehörten zwar einem Admiral, waren aber kaum zu bewegen, die schwankenden Planken der Fähre zu betreten. Am späten Abend erreichten sie Canterbury, wo sie die Nacht in einem Gasthof am Rande der Stadt verbrachten. In der Nacht schlug das Wetter um. Im strömenden Regen, in den sich zuweilen einige Schneeflocken mischten, ritten Henry du Valle und Charlie Starr der Küste entgegen. Die Wege waren schlammig, so dass sie deutlich langsamer als am Vortag vorankamen. Ein eisiger Wind fegte über die Weiden. Bei einem Wäldchen, das etwas Schutz vor dem Regen bot, machten sie gegen Mittag Rast. Charlie Starr gelang es, ein Feuer zu entfachen, so dass sie sich etwas aufwärmen konnten. Durch die Kälte spürte Henry seine Wunde wieder.

Es wurde schon dunkel, als er endlich den Salzgeruch der See wahrnahm. Es dauerte aber noch über eine Stunde, bis sie schließlich Deal erreichten. In einer Pension, die besonders bei jungen Offizieren beliebt war, fanden sie eine Unterkunft für die Nacht.

Trotz der Anstrengungen der Vortage hielt es Henry am nächsten Morgen nicht lange in seinem Bett. Er schlang nur etwas von dem guten und reichhaltigen Frühstück hinunter und trat dann aus dem Haus. Wie die meisten Häuser von Deal stand auch die Pension direkt am Strand. Dominiert wurde der Ort von den mächtigen Bastionen Deal Castles.

Henry du Valle ließ seinen Blick über die ausgedehnte Reede schweifen. Unterhalb der Festung lag das Downs Geschwader mit HMS *Overijsel*, dem Flaggschiff Konteradmirals Bazelys. Davor ankerten in langen Reihen Handelsschiffe, die auf den Aufbruch ihrer Konvois warteten. Der dänische Konvoi war noch nicht eingetroffen.

Auf Deal Castle sah Henry den hölzernen Turm des optischen Telegrafen, der Deal mit London verband. Lord Murray, der Bischoff von Rochester, hatte ihn vor zwei Jahren für die Royal Navy errichten lassen. Er sollte die Hauptstadt schnellstmöglich vor einer französischen Invasion warnen, diente aber auch der normalen Nachrichtenübermittlung zwischen Downs Station und der Admiralität. Henry erhoffte sich von dort einen besseren Blick über die Reede. Dank seiner Uniform wurde er ohne weiteres eingelassen. Von der Bastion, auf der man den Telegrafenturm errichtet hatte, konnte man tatsächlich die gesamte Reede überblicken. Dahinter sah man auch die Goodwin Sands, eine lang gezogene Sandbank, die einerseits sehr gefährlich für die Schifffahrt war, zugleich aber auch Downs Reede schützte.

Weit im Osten sah Henry mehrere Segel aufkommen. Vom Leutnant, der den Signalturm befehligte, erbat er sich dessen großes Teleskop. Tatsächlich näherte sich dort ein Konvoi. Noch ließen sich keine Flaggen erkennen, doch Henry du Valles Herz schlug unwillkürlich schneller. Eine halbe Stunde später konnte er die roten Flaggen mit dem weißen Kreuz deutlich erkennen. Henry bedankte sich bei dem Leutnant und eilte zu Strand.

Es dauerte noch über eine Stunde, ehe der Konvoi auf der Reede vor Anker ging. Boote wurden zu Wasser gelassen. Zugleich strebten zahlreiche Boote dem Konvoi zu. Als sich die ersten Boote dem Strand näherten, sah Henry du Valle in einem Boot einen Rotschopf leuchten. Er konnte es nicht genau erkennen, doch sein Herz sagte ihm, es musste Annika sein.

Das Boot kam immer näher und Henry erkannte seine Liebste, die sich im Boot erhoben hatte, um ihm zu winken. Henry hielt es nicht mehr am Ufer. So schnell er konnte lief er dem Boot entgegen, das von einer sanften Dünung zum Strand getragen wurde.

Ende

Nachwort

Im Gegensatz zum ersten Band, der fast ausschließlich reale Ereignisse behandelte, war diesmal zu großen Teilen meine Phantasie gefragt, wobei ich die von mir erdachten Geschichten in den Rahmen der geschichtlich überlieferten Ereignisse fügte. Dazu zählen die Meuterei des Nore-Geschwaders, die Blockade der niederländischen Küste, die Schlacht bei St. Vincent und die Schlacht bei Camperdown. Allerdings werden die beiden Schlachten von mir lediglich erwähnt, da keine Kanonenbrigg daran teilnahm.

Das Kanonenboot Nr. 14, die spätere Kanonenbrigg *Clinker* hat es tatsächlich gegeben, ebenso alle von mir erwähnten Schiffe der Royal Navy, sowie alle Kommandanten und Flaggoffiziere. Meine Wahl fiel auf dieses Kanonenboot, weil es kaum Daten dazu gibt. Man weiß lediglich, wann es in Dienst gestellt wurde, wann es einen Kupferbeschlag erhielt und wann es außer Dienst gestellt wurde. Außerdem kennt man seinen einzigen Kommandanten, Leutnant Obadiah Newell, der hier Henry du Valles Nachfolger wird.

Obadiah Newell wurde am 4. September 1781 zum Leutnant ernannt. Diesen Rang behielt er bis zu seinem Tod am 1. Februar 1837. Die Kanonenbrigg *Clinker* blieb sein einziges Kommando. Ansonsten ist noch bekannt, dass ihm 1792 eine jährliche Pension in Höhe von 91 Pfund 5 Shilling wegen einer schweren Verletzung bewilligt wurde. Trotzdem blieb er zunächst weiter im Dienst. Während der Meuterei soll er 1. Leutnant auf einem Linienschiff gewesen sein. Dabei soll er eine gute Figur gemacht haben. Leider werden in der mir bekannten Quelle keine weiteren Einzelheiten dazu genannt. Nachdem er aus dem Dienst ausgeschieden war, engagierte er sich im Verband der Pensionsempfänger der Royal Navy als Steward. Er war verheiratet. Aus der Ehe ging mindestens eine Tochter hervor. Augusta Julia Newell heiratete am 6. Dezember 1834 Leutnant Robert Bradshaw, Sohn von General Bradshaw (Life Guards), der es in der Royal Navy bis zum Commander brachte. Für mich ist er ein Beispiel für die unzähligen britischen Offiziere, die es nie weiter als zum Leutnant brachten, obwohl sie fähige Offiziere waren.

Mein Held trifft auf Vizeadmiral Lutwidge, der damals tatsächlich Oberbefehlshaber der Nore-Station war. Später sollte er noch die Downs-Station übernehmen. Der Nachwelt ist er vor allem als Befehlshaber der Arktis-Expedition in Erinnerung geblieben, auf der Horatio Nelson seinen Eisbären erlegte.

Von Captain Charles White sind die Journale seiner Reisen nach Ostindien überliefert. Damals war er Leutnant an Bord der Fregatte *Vestal*, die er später als Captain befehligte. Zuletzt war er Commissioner der königlichen Werft in English Harbour/Antigua, bevor er 1810 starb.

Abschließend gilt mein Dank all jenen, die mich bei diesem Projekt unterstützt haben, allen voran Ulli Hainsch, der mir viele hilfreiche Hinweise gab.

Mirco Graetz